suhrkamp taschenbuch 872

Arkadi (geb. 1925) und Boris (geb. 1933) Strugatzki, die ihre Erzählungen nur gemeinsam schreiben, gelten als die unumstritten besten Autoren der gegenwärtigen sowjetischen Phantastik. A. Strugatzki ist Linguist und Japanologe, sein Bruder Boris Astronom am Observatorium Pulkovo bei Leningrad. Die besten ihrer zahlreichen Bücher sind *Es ist nicht leicht, ein Gott zu sein* (1964), *Montag beginnt am Samstag* (1965, st 980), *Die zweite Invasion auf der Erde* (1968) und *Die Schnecke am Hang* (st 434). *Fluchtversuch*, 1962 erstmals erschienen, ist eine Art Vorstudie zu *Es ist nicht leicht, ein Gott zu sein*. In der Grundsituation sind manche Anklänge an Stanisław Lems *Eden* (1959) unverkennbar, etwa jene geheimnisvollen Roboter, die auf dem Planeten des Sterns EN 7031 unbeirrt anscheinend sinnlosen Tätigkeiten nachgehen. Wie fast immer bei den Strugatzkis ist das Zentralproblem die Geschichtlichkeit des Menschen, seine Verankerung in den historischen Umständen: »Man kann nicht der Geschichte das Rückgrat brechen, ohne auch der Menschheit das Rückgrat zu brechen.« Der Roman ist in Raum und Zeit entrückt – aber das unverkennbare Ziel der Strugatzkis liegt nicht so ferne.

Arkadi und Boris Strugatzki
Fluchtversuch

Science-fiction-Roman

Phantastische Bibliothek
Band 89

Suhrkamp

Redaktion und Beratung: Franz Rottensteiner
Deutsche Übersetzung von Dieter Pommerenke
Umschlagzeichnung von Thomas Franke
Originaltitel: ДАЛЕКАЯ РАДУГА (1962)

suhrkamp taschenbuch 872
Erste Auflage 1983

Satz und Druck: Ebner Ulm · Printed in Germany
Umschlag nach Entwürfen von
Willy Fleckhaus und Rolf Staudt

1 2 3 4 5 6 – 88 87 86 85 84 83

Fluchtversuch

1

»Ein schöner Tag wird das heute!« sagte Wadim laut.

Er stand vor der weit geöffneten Hauswand, schlug die Arme um die nackten Schultern und blickte in den Garten. Über Nacht hatte es geregnet, Gras, Büsche und das Dach des Nachbarbungalows waren naß. Der Himmel sah grau aus, und auf dem Weg glänzten Pfützen. Wadim zog die Badehose straff, sprang auf den Rasen und lief den Weg entlang. Tief und hörbar die feuchte Morgenluft einatmend, eilte er an naß gewordenen Liegestühlen, Kisten und Ballen sowie am Vorgarten des Nachbars vorbei, wo ein halb auseinandergenommener »Kolibri« sein Inneres zur Schau stellte. Durch nasses, üppig wucherndes Gebüsch und zwischen feuchten Kiefernstämmen hindurch rannte er, ohne anzuhalten, in einen kleinen See und schwamm zum gegenüberliegenden Ufer, das mit Riedgras bewachsen war. Von dort lief er, erhitzt, aber zufrieden mit sich und fortwährend sein Tempo steigernd, zurück, wobei er über die großen, unbewegten Pfützen sprang und die kleinen grauen Frösche erschreckte.

Er lief zu der Waldwiese vor Antons Bungalow, wo das »Schiff« stand.

Es war keine zwei Jahre alt und noch wie neu. Seine matten schwarzen Flanken waren völlig trocken und vibrierten kaum merklich, die schlanke Spitze war stark geneigt und auf den Punkt des grauen Himmels gerichtet, an dem sich jenseits der Wolken die Sonne befand: Das »Schiff« tankte wie gewöhnlich Energie. Das hohe Gras ringsum war mit Reif bedeckt, welk und vergilbt. Es war übrigens ein ganz passables, harmloses Raumschiff vom Typ »Tourist«. Ein reguläres Linienraumschiff hätte über Nacht den ganzen Wald im Umkreis von zehn Kilometern auf winterliche Temperaturen abgekühlt.

In den Kurven ausrutschend, lief Wadim um das »Schiff« herum und kehrte ins Haus zurück. Während er sich, vor Wohlbehagen grunzend, mit einem Frotteehandtuch abrieb, trat aus dem Bungalow nebenan mit einem Skalpell in der Hand der Nachbar, Onkel Sascha. Wadim winkte ihm mit dem Handtuch zu. Der Nachbar war hundertfünfzig Jahre alt und machte sich Tag für Tag an seinem Helikopter zu schaffen, doch ohne Erfolg – der »Kolibri« hatte keine Lust zu fliegen. Der Nachbar schaute Wadim nachdenklich an.

»Hast du nicht ein paar Bioelemente übrig?« fragte er.

»Sind Ihre durchgeschmort?«

»Ich weiß nicht. Sie weisen unnormale Werte auf.«

»Ich kann mich ja mit Anton in Verbindung setzen, Onkel Sascha«, schlug Wadim vor. »Er ist gerade in der Stadt. Da kann er Ihnen welche mitbringen.«

Der Nachbar ging zu seinem Helikopter und schlug mit dem Skalpell gegen den Bug.

»Warum fliegst du nicht, dummes Luder?« schimpfte er ärgerlich.

Wadim begann sich anzuziehen.

»Bioelemente!« knurrte Onkel Sascha und fuhr mit dem Skalpell in die Eingeweide des »Kolibris«. »Was taugen die schon! Lebendige Mechanismen. Halblebendige Mechanismen. Fast tote Mechanismen. Weder Montage noch Elektronik. Nichts als Nerven! Verzeihung, aber ich bin kein Chirurg.« Der Helikopter zuckte krampfhaft. »Ruhig, du Kreatur! Wirst du wohl stillhalten!« Onkel Sascha zog das Skalpell wieder heraus und sagte zu Wadim: »Das ist doch geradezu unmenschlich! So eine arme, lädierte Maschine ist wie ein kranker Zahn. Vielleicht bin ich altmodisch? Sie tut mir leid, verstehst du?«

»Mir auch«, murmelte Wadim, während er sich das Hemd überstreifte.

»Wie?«

»Ich sagte: Vielleicht kann ich Ihnen helfen?«

Eine Weile wanderte Onkel Saschas Blick zwischen dem Helikopter und dem Skalpell hin und her.

»Nein«, sagte er dann entschlossen. »Ich will nicht vor den Umständen kapitulieren. Sie wird schon wieder fliegen.«

Wadim setzte sich an den Frühstückstisch, schaltete den Stereofernseher ein und legte die »Neuesten Methoden zum Aufspüren von Tachorgen« vor sich hin. Es war ein altertümliches Buch aus Papier, das bereits Wadims Großvater häufig studiert hatte. Auf dem Einband war eine Landschaft des unter Naturschutz stehenden Planeten Pandora mit zwei Ungetümen im Vordergrund abgebildet.

Während Wadim aß, blätterte er in dem Buch und betrachtete zwischendurch wohlgefällig die bildhübsche Sprecherin, die von Auseinandersetzungen der Kritiker über Probleme des Emotiolismus berichtete. Sie war erst neu, und Wadim erfreute sich schon die ganze Woche an ihrem Anblick.

»Emotiolismus!« sagte Wadim seufzend und biß von seiner Ziegenkäseschnitte ab. »Liebes Mädchen, das Wort ist ja schon phonetisch abscheulich! Komm lieber mit uns. Lassen wir es auf der Erde zurück. Bis wir wieder hier gelandet sind, ist es bestimmt gestorben, darauf kannst du Gift nehmen.«

»Der Emotiolismus ist eine vielversprechende Richtung«, sagte die Sprecherin ungerührt. »Weil nur er heutzutage eine echte Gewähr dafür bietet, daß die Entropie der emotionalen Information in der Kunst wesentlich verringert wird. Weil nur er heutzutage ...«

Wadim stand auf und trat mit der Schnitte in der Hand ins Freie.

»Onkel Sascha«, rief er, »was empfinden Sie bei dem Wort ›Emotiolismus‹?«

Die Hände auf dem Rücken, stand der Nachbar vor dem Helikopter, in dem das Unterste zuoberst gekehrt war. Der »Kolibri« schwankte wie ein Baum im Wind.

»Wie?« fragte Onkel Sascha, ohne sich umzudrehen.

»Das Wort ›Emotiolismus‹«, wiederholte Wadim. »Ich bin überzeugt, bei diesem Wort hört jeder die Totenglocken läuten, sieht ein prächtiges Krematorium vor sich und verspürt den Geruch verwesender Blumen.«

»Du warst schon immer ein feinfühliger Junge, Wadim«, erwiderte der Alte seufzend. »Aber es ist tatsächlich ein scheußliches Wort.«

»Völlig agrammatisch«, bestätigte Wadim kauend. »Ich freue mich, daß Sie das auch spüren. Aber sagen Sie mal, wo haben Sie denn Ihr Skalpell gelassen?«

»Es ist mir reingefallen«, antwortete Onkel Sascha.

Wadim beobachtete eine Weile den qualvoll zuckenden Helikopter.

»Wissen Sie, was Sie da getan haben, Onkel Sascha?« sagte er schließlich. »Sie haben mit dem Skalpell den Kreis des Verdauungssystems geschlossen. Ich setze mich sofort mit Anton in Verbindung. Er soll Ihnen ein neues Skalpell mitbringen.«

»Und das hier?«

Wadim winkte mit wehmütigem Lächeln ab.

»Passen Sie auf«, sagte er, den Rest seiner Schnitte zeigend. »Sehen Sie?« Er schob das Brot in den Mund, kaute und schluckte es hinunter.

»Na und?« fragte Onkel Sascha interessiert.

»Das ist, anschaulich demonstriert, das Schicksal Ihres Instruments.«

Onkel Sascha starrte den Helikopter an. Der hatte aufgehört zu zucken.

»Aus!« sagte Wadim. »Ihr Skalpell existiert nicht mehr. Dafür ist Ihr ›Kolibri‹ jetzt aufgeladen. Für dreißig Stunden Dauerbetrieb wird's reichen.«

Der Nachbar ging um den Helikopter herum und betastete ihn an verschiedenen Stellen. Wadim lachte lauthals und kehrte an den Tisch zurück. Er aß noch eine belegte Schnitte und trank noch ein Glas saure Milch. Da klickte der Auslöser des Informators, und eine leise, ruhige Stimme sagte: »Keine Einladungen und Besuche. Vor Abfahrt in die Stadt wünscht Anton einen guten Morgen und schlägt vor, sich gleich nach dem Frühstück von allem Irdischen frei zu machen. Im Institut sind neun neue Aufgaben eingetroffen . . .«

»Bitte keine Einzelheiten«, sagte Wadim.

» . . . Aufgabe Nummer neunzehn ist noch nicht gelöst. Paula Minchin hat das Theorem von der Existenz polynomischer Operationen über dem Q-Feld von Simonjan-Strukturen bewiesen. Ihre Adresse: Richmond, siebzehn-siebzehn-sieben. Ende.«

Der Informator klickte, fügte aber nach einer kurzen Pause belehrend hinzu: »Wer neidet, der leidet.«

»Dummkopf!« sagte Wadim. »Ich bin absolut nicht neidisch. Im Gegenteil: Ich freue mich! Hast's geschafft, Paula!« Gedankenverloren starrte er in den Garten. »Nein«, sagte er schließlich. »Schluß jetzt mit all dem! Ich muß mich von allem Irdischen lösen.«

Er warf das schmutzige Geschirr in den Müllschlucker und schrie: »Auf zu den Tachorgen! Schmücken wir Paula Minchins Arbeitszimmer in Richmond, siebzehn-siebzehn-sieben, mit einem Tachorgschädel!« Und er sang:

»Heulen soll vor Angst und Zagen
der Tachorg, das wilde Biest,
denn es naht, um ihn zu jagen,
struktureller Linguist.«

»Na dann!« sagte er hierauf. »Wo ist das Radiophon?« Er wählte eine Nummer. »Anton? Wie sieht's aus?«

»Ich stehe hier Schlange«, antwortete Anton.

»Wollen alle zur Pandora?«

»Viele. Einer hier behauptet, daß man die Jagd auf Tachorge bald verbieten wird.«

»Aber wir werden doch noch zurechtkommen?«

»Ja«, antwortete Anton nach einer Weile.

»Warten da auch Mädchen?«

»Na klar.«

»Werden die es auch noch schaffen?«

»Ich frage mal. – Sie meinen, ja.«

»Bestell ihnen schöne Grüße von einem bekannten strukturellen Linguisten, sag ihnen, ich wär sechs Fuß groß und von edler Statur. Ach ja, beinah hätt ich's vergessen. Bring bitte ein Skalpell für Onkel Sascha mit. Und ein paar ›BE-6‹ und ›BE-7‹.«

»Und einen neuen Helikopter«, spottete Anton. »Was hat der Alte denn mit seinem Skalpell gemacht?«

»Na, was meinst du wohl, was man damit machen kann?«

»Keine Ahnung«, erwiderte Anton nach kurzem Überlegen. »Ein Skalpell hält doch ewig!«

»Es ist ihm in den Magen seines ›Kolibri‹ gefallen.«

Im Radiophon ertönte vielstimmiges Gekicher. Die ganze Schlange amüsierte sich.

»Na gut«, sagte Anton. »Wart auf mich; ich komme bald. Sei derweil mein Superkargo und fang mit dem Beladen an.«

Wadim steckte das Radiophon in die Tasche und schätzte in Gedanken die Entfernung durch die drei Zimmer bis zum Ausgang.

»Die Beine sind schwach«, zitierte er, »aber die Arme sind willig.«

Er machte einen Handstand und lief so behende zum Ausgang. Auf der Vortreppe machte er einen Salto und landete auf allen vieren im Gras. Nachdem er sich aufgerappelt und die Hände gesäubert hatte, deklamierte er:

»Ob beim Zweikampf, ob im Kriege,
überall er siegreich ist –
das Symbol von Glück und Freude –
struktureller Linguist.«

Dann begab er sich gemächlich zu den Kisten und Ballen im Garten. Es war eine ansehnliche Ladung. Sie mußten ja nicht nur Jagdwaffen, Munition und Verpflegung mitnehmen, sondern auch Kleidung – für die Jagd und für das berühmte »Jägercafé« auf dem Gipfel der Ewerina, wo der herb duftende Wind ungehindert zwischen den Tischen entlangstrich und tief unten im Tal, Gewitterwolken gleich, undurchdringliches schwarzes Gestrüpp dräute; wo von Dornen zerschrammte Jäger unter Gelächter bauchige Flaschen »Tachorgblut« leerten und damit prahlten, was sie für Schädel hätten erbeuten können, wenn sie gewußt hätten, an welchem Ende beim Karabiner der Kolben ist; wo in der dunkelgrünen Dämmerung die Paare im »Heiteren Rhythmus« dahinglitten und über der Gebirgskette der Kühnen die verschwommenen, platten Monde aufgingen.

Wadim hockte sich vor die schwerste Kiste, schob sie zurecht und wuchtete sie mit einem Ruck auf seine Schultern. Sie enthielt die Waffen: drei automatische Karabiner mit Zielvorrichtung zum Schießen bei Nebel und sechshundert Schuß Munition in flachen Ladestreifen aus Plast. Bei jedem Schritt federnd, trug Wadim die Kiste durch den Garten zum »Schiff«. Er näherte sich ihm von der Einstiegseite und stieß mit dem Fuß gegen die Bordwand. Die Membran, die das ovale Luk überspannte, zerriß, und Wadim schob die Kiste ins Dunkel, aus dem ihm Kühle entgegenschlug.

Während Wadim zurückging, pflückte er große Beeren von den Büschen, und jedesmal regnete eine Ladung kalter Wassertropfen auf ihn herab.

Mindestens fünf Tachorge müssen wir erlegen, dachte er. Einen Schädel für Paula Minchin in Richmond, damit sie merkt, daß ich kein Versager bin. Einen für Mutter. Aber die wird ihn nicht haben wollen, und dann schenk ich ihn dem ersten Mädchen, das nach zehn Uhr an der Ecke Newski-Prospekt und Sadowaja an mir vorübergeht. Mit dem dritten werf ich nach Samson, um seine Skepsis zu dämpfen, er hat sich doch bei Neli so merkwürdig aufgeführt, als ich ihr vom letzten Ausflug zur Pandora erzählte. Den vierten Schädel kriegt Neli, damit sie mir glaubt und nicht Samson. Und den fünften häng ich mir über den Stereofernseher. Befriedigt malte er sich aus, wie prächtig sich die bildhübsche Sprecherin unter den gefletschten Zähne des Untiers ausnehmen würde.

Er trug noch vier große Kisten mit lebendem Fleisch, acht Kisten mit Gemüse und Obst, zwei weiche Ballen mit Kleidung und eine große Kiste mit Geschenken für die eingeborenen Pandoraner ins »Schiff«.

Jenseits der Wolken stieg die Sonne immer höher, und es wurde langsam heiß. Alles ringsum trocknete allmählich. Die Frösche verbargen sich im Gras. In den leeren Bungalows öffneten sich geräuschvoll die Wände. Onkal Sascha hängte seine Hängematte neben dem »Kolibri« auf und legte sich Zeitung lesend hinein.

Wadim, der mit dem Verladen fertig war, ging zu einem Stachelbeerstrauch.

»Ihr fliegt also«, sagte Onkel Sascha.

»So ist es.«

»Zur Pandora?«

»Erraten.«

»Hier schreiben sie, daß sie das Naturschutzgebiet sperren wollen. Für mehrere Jahre.«

»Macht nichts, Onkel Sascha«, versetzte Wadim. »Wir kommen noch zurecht.«

Nach einer Weile sagte Onkel Sascha leise: »Allein werde ich mich hier ganz schön langweilen.«

Wadim hörte auf, Stachelbeeren zu kauen. »Wir kommen doch wieder, Onkel Sascha! In einem Monat.«

Trotzdem. Ich werde mich solange in der Stadt aufhalten. Was soll ich hier allein in den fünf Bungalows!« Er blickte den Helikopter an. »Mit diesem dumen Luder, dem halb lebendigen.«

Vom Himmel drang ein leises Brummen.

»Da fliegt noch einer«, sagte Onkel Sascha.

Wadim hob den Kopf. Dicht über der Siedlung beschrieb ein leuchtendroter »Ramforinch« langsam eine Acht. An seinem schmalen Rumpf war deutlich eine weiße Nummer zu erkennen.

»So kann ich's auch«, meinte Onkel Sascha. »Aber flieg mal im Sturzflug überm See, mein Lieber . . .«

Der »Ramforinch« entfernte sich wieder. Auf dem betonierten Weg hinter dem Garten knirschten Autoreifen.

»Jetzt kommt Leben in unsere Siedlung«, meinte Onkel Sascha. »Ein Verkehr ist das wie auf dem Newski-Prospekt.«

»Das ist Anton.« Wadim sprang auf und eilte zum »Schiff«.

Anton fuhr den Wagen in die Garage. Als er wieder herauskam, sagte er zerstreut: »Alles in Ordnung, Wadim. Das Bordbuch hab ich vorgelegt und ein Lob dafür eingeheimst . . .«

»Aber?« fragte Wadim mit Nachdruck.

»Wieso ›aber‹?«

»Ich hab aus deinen Worten deutlich ein Aber herausgehört.«

»Ich war bei Galka«, gestand Anton. »Sie kommt nicht mit.«

»Meinetwegen?«

»Nein.« Und nach einer Pause: »Meinetwegen.«

»Hm«, sagte Wadim tiefsinnig.
»Wie sieht's denn mit unserm Gepäck aus, Superkargo?« erkundigte sich Anton.
»Alles in Ordnung, Käptn. Wir können starten.«
»Und wie sieht's bei uns im Haus aus? Alles aufgeräumt?«
»In wessen Haus?«
»Zum Beispiel in meinem.«
»Nein, Käptn. Entschuldigung, Käptn! Ich bin eben erst mit dem Einladen fertig geworden.«
Wieder flog der rote »Ramforinch« dicht über die Dächer hinweg. Anton schaute ihm nach.
»Was hat denn das zu bedeuten?« sagte er verwundert. »Wieder die ZS-268. Ich habe das Gefühl, ich bin Gegenstand konzentrierter Aufmerksamkeit geworden. Dieser rote ›Ramforinch‹ mit der Nummer ZS-268 verfolgt mich vom Schloßplatz an.«
»Steckt auch keine Frau dahinter?« erkundigte sich Wadim.
»Mir sind die Frauen noch nie nachgelaufen.«
»Einmal könnten sie ja damit anfangen«, versetzte Wadim. Doch dann kam ihm ein neuer Gedanke. »Vielleicht ist dein Verfolger Mitglied einer Geheimgesellschaft zum Schutz der Tachorge.«
Wieder flog der »Ramforinch« über ihre Köpfe hinweg, verstummte jedoch plötzlich.
»Eh, der will ja zu Onkel Sascha«, sagte Wadim. »Soll wohl ausgeschlachtet werden. Armer ›Ramforinch‹! Übrigens, hast du die Sachen mitgebracht?«
»Ja«, erwiderte Anton, an ihm vorbeisehend. »Nee, du struktureller Superkargo, der will nicht zu Onkel Sascha.«
Hinter dem Gebüsch tauchte ein langer, hagerer Mann in einem weiten weißen Kittel und weißen Hosen auf. Er hatte ein braungebranntes Gesicht mit buschigen Augenbrauen und große zimtbraune Ohren. In der Hand trug er eine prall gefüllte Aktentasche.
»Das ist er«, sagte Anton.
»Wer?«
»Der Mann in Weiß. Die ganze Zeit ist er um die Schlange herumgeschlichen und hat sich alle genau angesehen.«
»Ich werd ihm gleich klarmachen, was Tachorge sind«, sagte Wadim, »er wird es einsehen.«
Der Mann in Weiß kam direkt auf die beiden Jäger zu und musterte sie aufmerksam.
»Ist Ihnen bekannt, daß die Tachorge Menschen anfallen und

ihnen schwere Verletzungen beibringen können?« fragte Wadim. »Zum Krüppel können sie einen machen.«

»Was Sie nicht sagen!« versetzte der Mann in Weiß. »Tachorge? Hör ich zum erstenmal. Übrigens schlägt das nicht in mein Fach. Ich komme mit einer Bitte zu Ihnen. Guten Tag!« Er legte zwei Finger an die Schläfe.

»Guten Tag!« erwiderte Anton. »Sie wollen zu mir?«

Der Unbekannte ließ die prall gefüllte Aktentasche fallen und wischte sich den Schweiß von der Stirn.

»Ja, zu Ihnen will ich«, antwortete der Unbekannte langsam. Er blinzelte und fuhr sich abermals kräftig mit der Hand über das Gesicht. »Aber fragen Sie mich bitte nicht, weshalb ich ausgerechnet zu Ihnen komme. Das ist purer Zufall. Ebensogut hätte ich mich an einen anderen wenden können.«

»Wir haben heute ausgesprochenes Glück«, sagte Wadim heiter.

Der Unbekannte sah ihn an, ohne zu lächeln.

»Sind Sie der Kommandant?« erkundigte er sich.

»Kommandant bin ich potentiell«, erwiderte Wadim. »Kinetisch aber bin ich Superkargo und Hauptspezialist für Tachorge. Amateurzoologe, wenn Sie so wollen.«

Wadim mußte, koste es, was es wolle, ein Lächeln auf das Gesicht des Unbekannten zaubern, und sei es auch nur ein höfliches.

»Außerdem bin ich Amateurkopilot«, fuhr er fort. »Das für den Fall, daß der Kommandant plötzlich einen Gichtanfall bekommt oder dem Knie eines Stubenmädchens begegnet.«

Während der Unbekannte schweigend zuhörte, sagte Anton leise: »Sehr witzig!«

Eine Pause trat ein.

»Wie ich gehört habe, fliegen Sie zur Pandora«, sagte der Unbekannte. Dabei blickte er Anton an.

»Ja, wir fliegen zur Pandora.« Anton schielte nach der Aktentasche. »Wollen Sie etwas mitschicken?«

»Nein«, erwiderte der Unbekannte. »Mitzuschicken hab ich nichts. Ich möchte Ihnen einen Vorschlag machen. Sie reisen doch, um sich zu zerstreuen?«

»Ja«, erwiderte Anton.

»Sofern man eine gefährliche Jagd als Zerstreuung ansehen will«, ergänzte Wadim bedeutungsvoll.

»Es ist eine prächtige Erholung«, sagte Anton. »Touristenreise und Jagd.«

»Touristenreise . . .«, sprach der Unbekannte langsam und ein wenig verwundert nach. »Wißt ihr, junge Leute, ihr seht gar nicht wie Touristen aus. Ihr seid doch unverdorbene jugendliche Entdekker. Was wollt ihr auf erschlossenen Planeten mit elektrifizierten Dschungeln und Brauseautomaten in den Wüsten! Warum nehmt ihr keinen unbekannten Planeten?«

Die jungen Leute wechselten einen flüchtigen Blick.

»Welchen Planeten denn?« fragte Anton.

»Ist das nicht egal? Irgendeinen. Auf den noch kein Mensch seinen Fuß gesetzt hat.« Die Augen des Unbekannten weiteten sich. »Oder gibt es solche nicht mehr?«

Er scherzte nicht. Das war ganz offensichtlich, und die beiden jungen Leute sahen einander erneut an.

»Wieso denn?« erwiderte Anton. »Solche Planeten gibt es noch jede Menge. Aber wir haben uns den ganzen Winter darauf vorbereitet, auf der Pandora zu jagen.«

»Ich persönlich«, warf Wadim ein, »habe bereits die Schädel meiner noch nicht erlegten Tachorge unter meine Bekannten verteilt.«

»Und dann: Was sollen wir auf einem nicht erschlossenen Planeten?« fragte Anton sanft. »Wir sind schließlich keine wissenschaftliche Expedition, keine Fachleute. Wadim hier ist Linguist, und ich bin Raumfahrer, Pilot. Wir sind nicht einmal in der Lage, eine erste wissenschaftliche Beschreibung zu verfassen. Aber vielleicht verfolgen Sie irgendeinen bestimmten Plan?«

Der Unbekannte runzelte die Stirn.

»Nein, ich verfolge keine bestimmten Pläne«, erwiderte er scharf. »Ich muß nur auf einen unbekannten Planeten, und die Frage steht so: Können Sie mir helfen oder nicht?«

Wadim zog den Reißverschluß seiner Kutte nervös auf und zu. Der Ton des Unbekannten behagte ihm nicht; den war er nicht gewohnt. Nichtsdestoweniger war die Situation schwierig. Jemand, der im Begriff ist, seinem Amüsement nachzugehen, hat es schwer, mit jemandem zu streiten, der geschäftlich verreisen muß. Da Wadim keine stichhaltigen Argumente zur Verfügung standen, war er schon drauf und dran, die Manieren des anderen zu kritisieren, doch da geschah etwas Sonderbares.

Hinter den Bäumen fing ein Hund an zu bellen. Es war Trofim, Onkel Saschas Airedaleterrier, ein altersschwacher dummer Köter mit Merkmalen aristokratischer Degeneration und einer ungewöhnlich tiefen Stimme. Höchstwahrscheinlich bellte er, weil sich ihm eine Wespe auf die Nase gesetzt hatte und er nicht wußte, was er machen sollte. Doch das Gesicht des Unbekannten verzerrte sich auf einmal, er duckte sich und sprang mit einem langen Satz zur Seite. Noch ehe Wadim begriffen hatte, was geschehen war, richtete sich der Unbekannte wieder auf und kehrte betont langsam an die alte Stelle zurück. Auf seiner Stirn glänzten Schweißtropfen. Wadim warf einen raschen Blick auf Anton. Der trug eine ruhige, nachdenkliche Miene zur Schau.

»Na was ist«, sagte er einlenkend. »Im zweiten Bezirk gibt es viele gelbe Zwerge mit geeigneten Planeten vom Typ Erde. Fliegen wir dorthin. Nehmen wir zum Beispiel den EN 7031. Dorthin war schon mal ein Flug geplant, wurde dann aber wieder abgeblasen. Die Sache erschien zu uninteressant. Die Freiwilligen haben für die gelben Zwerge nichts übrig; sie wollen Riesen, am besten Mehrfachsterne. Sagt Ihnen der EN 7031 zu?«

»Ja, durchaus«, antwortete der Unbekannte. Er hatte sich schon wieder gefaßt. »Vorausgesetzt, der Planet ist tatsächlich unbewohnt.«

»Das ist kein Planet«, berichtigte Anton höflich. »Es ist ein Stern. Eine Sonne. Aber dort gibt es auch Planeten. Allem Anschein nach unbewohnte. Übrigens, wie heißen Sie eigentlich?«

»Ich heiße Saul«, antwortete der Unbekannte und lächelte zum erstenmal. »Saul Repnin. Ich bin Historiker. Zwanzigstes Jahrhundert. Aber ich werde mir alle Mühe geben, mich nützlich zu machen. Ich kann Essen zubereiten, einfache Maschinen bedienen, nähen, Schuhe reparieren, schießen . . .« Er machte eine Pause. »Außerdem weiß ich, wie das alles früher gemacht wurde. Ferner beherrsche ich mehrere Sprachen! Polnisch, Slowakisch, Deutsch, ein wenig Französisch und Englisch . . .«

»Schade, daß Sie kein Raumschiff steuern können«, meinte Wadim seufzend.

»Ja, schade«, pflichtete ihm Saul bei. »Aber das macht nichts. Das können Sie ja.«

»Seufze nicht, Wadim«, sagte Anton. »Auch für dich wird es Zeit, daß du mal die fremdartigen Landschaften namenloser Planeten zu sehen bekommst. In einem Café tanzen kann man auch auf der Erde. Bewähre dich dort, wo es keine Mädchen gibt, du Schwerenöter!«

»Ich seufze vor Wonne«, versetzte Wadim. »Was ist das denn

schon, ein Tachorg! Ein allgemein bekanntes plumpes Riesenvieh.«

»Ich hoffe, ich habe Ihnen Ihr Einverständnis nicht gewaltsam abgenötigt?« vergewisserte sich Saul liebenswürdig. »Ich hoffe, Ihre Zustimmung ist hinreichend freiwillig und unbeeinflußt erfolgt?«

»Gewiß doch«, erwiderte Wadim. »Was ist das denn – Freiheit? Einsicht in die Notwendigkeit. Alles übrige sind nur Nuancen.«

»Passagier Saul Repnin«, sagte Anton. »Start um zwölf Uhr null null. Sie haben Kabine drei, sofern Sie nicht lieber Kabine vier, fünf, sechs oder sieben haben möchten. Kommen Sie, ich zeige sie Ihnen.«

Saul bückte sich nach der Aktentasche. Dabei rutschte ihm ein großer schwarzer Gegenstand aus dem Halsausschnitt und plumpste schwer ins Gras. Anton runzelte die Stirn. Genauso reagierte auch Wadim nach näherem Hinsehen. Bei dem Gegenstand handelte es sich um einen Scorcher, eine schwere, langläufige Desintegratorpistole, die elektrische Entladungen von Millionen Volt verschoß. Solche Apparate hatte Wadim bisher nur im Kino gesehen. Auf dem ganzen Planeten existierten nicht mehr als hundert Exemplare dieser furchtbaren Waffe, und sie wurde nur an die Kommandanten extragalaktischer Raumschiffe ausgegeben.

»Ich alter Tolpatsch«, murmelte Saul, ergriff den Scorcher und verstaute ihn wieder unter der Achsel. Dann hob er die Aktentasche auf und erklärte: »Ich bin bereit.«

Einen Augenblick sah Anton ihn an, als wollte er ihn etwas fragen, dann sagte er: »Gehen wir, Saul. Und du, Wadim, bring zu Hause alles in Ordnung und gib dem Alten das Skalpell. Es liegt im Kofferraum.«

»Zu Befehl, Käptn«, erwiderte Wadim und begab sich in die Garage.

Es ist schwer, ein Optimist zu sein, sinnierte er. Aber was ist das überhaupt, Optimist? Wenn ich mich recht erinnere, heißt es in einem alten Lexikon, Optimismus sei eine zuversichtliche, bejahende Lebensauffassung, bei der der Mensch an die Zukunft und an seinen Erfolg glaube. Es ist gut, ein Linguist zu sein; da wird einem alles gleich verständlich. Mir bleibt nichts weiter übrig, als meine zuversichtliche, bejahende Lebensauffassung mit der Anwesenheit eines schwerbewaffneten Somnambulen an Bord in Einklang zu bringen.

Er holte das Skalpell und die Bioelemente aus dem Kofferraum und begab sich damit zu Onkel Sascha. Der Alte hockte unter dem roten »Ramforinch«.

»Onkel Sascha«, sagte Wadim. »Hier haben Sie ein neues Skalpell und ...«

»Nicht mehr nötig«, erwiderte Onkel Sascha. Er kroch unter dem »Ramforinch« hervor. »Danke. Aber ich habe das da geschenkt bekommen.« Er klopfte auf die polierte Flanke des »Ramforinch«. »Der soll recht vital sein, sagt man, nicht wahr?«

»Geschenkt bekommen?«

»Ja, von einem jungen Mann, ganz in Weiß.«

»Ach, sieh mal an«, sagte Wadim. »Also war er fest überzeugt, daß er mit uns fliegen würde. Oder wollte er sich vielleicht gewaltsam Zutritt zum ›Schiff‹ verschaffen?«

»Wie?« fragte Onkel Sascha.

»Wissen Sie, was ein Scorcher ist, Onkel Sascha?« erkundigte sich Wadim.

»Ein Scorcher? Ja, natürlich weiß ich das. Das ist eine Mikroentladungsvorrichtung an Webautomaten. Heutzutage gibt's die allerdings nicht mehr, aber so vor siebzig Jahren, erinnere ich mich noch. Ist der Mann in Weiß etwa ein alter Weber?«

»Vielleicht ist er auch Weber; aber der Scorcher, den er hat, Onkel Sascha, der arbeitet nicht mit Mikroentladungen.«

Nachdenklich begab sich Wadim zu seinem Bungalow. Dort warf er die Bettwäsche in den Müllschlucker, schaltete die Hauswirtschaftsautomatik auf Urlaubsbetrieb um und schrieb mit Bleistift an die Haustür: »Bin in Urlaub. Bitte nicht einziehen.« Anschließend räumte er Antons Bungalow auf und hing dabei weiter seinen Gedanken nach. Schließlich ist noch nicht alles verloren, dachte er. Die Tachorge habe ich jetzt gründlich satt. Die Pandora ist, wenn ich ehrlich sein soll, nichts weiter als ein hochmoderner Kurort. Man muß bloß staunen, daß ich es dort drei Urlaube lang ausgehalten habe. So eine Schande! dachte er plötzlich. Da gab es eine Zeit, wo ich mit einem Halsschmuck aus Tachorgzähnen großtat und unglaublichen Pandora-Unsinn schwatzte. Mit einem Tachorgschädel nach Samson zu werfen – wie banal! Samson hat Großartigeres verdient, er wird in die Unsterblichkeit eingehen. Ein unbekannter Planet ist ein unbekannter Planet. Auf einem unbekannten Planeten treiben sich unbekannte Tiere herum. Die Ärmsten wissen noch nicht einmal, wie sie heißen. Aber ich weiß es bereits. Dort werde ich den ersten »unpaarbeinigen, hautohrigen Samson« der Geschichte erlegen. Daß jemand einem Samson einen Samsonschädel an den Kopf schleudert, das hat es noch nicht gegeben.

Als Wadim auf die Waldwiese zurückkehrte, war das »Schiff« bereits startklar. Seine Spitze folgte nicht mehr der Sonne, und der Reif auf dem Gras ringsum war verschwunden.

Wadim machte es sich im Luk bequem und ließ die Beine herabbaumeln. Sein Blick wanderte von Antons Bungalow zu den grünen Kronen der Kiefern und zu den tiefhängenden Wolken, in denen sich hier und da hellblaue Löcher zeigten und wieder verschwanden. Tja, Freund Samson, mein unpaarbeiniger Bruder! dachte er rachsüchtig. Gegen irgend so einen biblischen Löwen magst du ja nicht schlecht sein, aber wie kannst du dich mit einem strukturellen Linguisten messen! Es ist doch zu komisch: Mir wäre nie im Traum eingefallen, mich auf einem unbekannten Planeten erholen zu wollen, wäre nicht dieser Alte in Weiß gewesen. Was sind wir doch für ein geistig träges Volk, selbst die besten von uns strukturellen Linguisten! Ewig zieht es uns zu erschlossenen Planeten.

Trofim, der Airedaleterrier, kam auf die Waldwiese gelaufen. Er blinzelte mit seinen tränenden, gutmütigen Augen, gähnte, setzte sich hin und kratzte sich angelegentlich mit dem Hinterlauf am Ohr. Das Leben war schön und vielgestaltig. Nehmen wir zum Beispiel Trofim, dachte Wadim. Er ist alt, dumm und gutmütig, aber sogar er vermag noch Angst einzujagen. Doch vielleicht fürchten sich alle Somnambulen vor Hundegebell? Wadim starrte auf Trofim. Aber wie komme ich eigentlich darauf, daß Saul Repnin ein Somnambule, oder wie man das sonst nennt, ist? Warum diese völlig aus der Luft gegriffene Annahme? Dabei liegt die Vermutung doch viel näher, daß der Historiker Saul in Wirklichkeit gar kein Historiker ist, sondern ein Spion irgendeiner humanoiden Rasse, der unsere Erde auskundschaftet. Wie Benny Durow auf der Tagora. – Gar nicht schlecht: Einen ganzen Monat lang unbekannte Planeten und geheimnisvolle Unbekannte zu beobachten! – Und wie ausgezeichnet sich das alles erklären läßt! Allein kann er die Erde nicht wieder verlassen, vor Hunden hat er Angst, und er muß auf einen unbekannten Planeten, damit sie ihm ein Raumschiff dorthin schicken können, sozusagen auf neutralen Boden. Dann kehrt er nach Hause zurück und berichtet: So und so sieht's aus. Es sind gute Menschen, voller Optimismus, und zwischen ihnen und uns werden sich normale humanoide Beziehungen herstellen lassen.

Wadim besann sich und schrie in den Gang hinein: »Anton, ich bin an Bord!«

»Endlich!« antwortete Anton. »Ich habe schon gedacht, du wärst fahnenflüchtig geworden.«

Zwischen den Bäumen tauchte, gräßlich mit dem Schwanz wakkelnd, der klapprige rote »Ramforinch« auf und drehte, unnatürlich aufheulend, eine Ehrenrunde um das »Schiff«. Onkel Sascha öffnete die Tür und winkte mit etwas Weißem. Wadim winkte zurück.

»Start!« verkündete Anton.

Mit einem leichten Ruck hob das »Schiff« vom Boden ab und stieg gen Himmel – Wadim hatte sich gerade noch mit einem Fuß von der Erde abstoßen können.

»Wadim!« rief Anton. »Mach das Schott dicht. Es zieht.«

Wadim winkte Onkel Sascha noch ein letztes Mal zu, stand auf und ließ das Luk zuwachsen.

2

Anton überließ die Steuerung dem Autopiloten und beobachtete, die Hände auf dem Bauch gefaltet, nachdenklich den Panoramabildschirm. Das »Schiff« flog längs des Meridians nach Norden. Ringsum war der dunkelviolette Himmel der Stratosphäre, und tief unten schimmerte mattweiß der Wolkenschleier. Er wirkte glatt und ebenmäßig, und nur hier und da ahnte man die Öffnungen der gigantischen Trichter über den Großwetterstationen, wo die Synoptiker die Wolken in die Fallen trieben, nachdem sie es über Nordeuropa hatten regnen lassen.

Anton sann über die menschlichen Eigentümlichkeiten nach. An all die kuriosen Typen mußte er denken, mit denen er schon zusammengetroffen war. An Jakow Ossinowski, den Kommandanten der »Herkules«, der Glatzköpfe nicht ausstehen konnte. Er verachtete sie einfach. »Versucht nicht, mich umzustimmen«, pflegte er zu sagen. »Zeigt mir lieber einen Glatzkopf, der was taugt.« Wahrscheinlich hatte er mit Glatzköpfen irgendwelche bösen Erfahrungen gemacht, über die er jedoch nie sprach. Er hatte seine Meinung auch dann nicht geändert, als er selber bei der Katastrophe von Sarandak alle Haare verlor.

Walter Schmidt von der Basis »Gatteria« stand mit den Ärzten auf Kriegsfuß. »Ärzte!« preßte er mit abgrundtiefer Verachtung hervor. »Quacksalber sind sie immer gewesen, und Quacksalber werden sie bleiben. Waren es früher staubbedeckte Spinngewebe und verfaultes Schlangenblut, so ist es heute das psychodynamische Feld, von dem keiner eine Ahnung hat. Wen geht es schon etwas an, wie es bei mir drinnen aussieht? Die Kopffüßer kommen seit Jahrtausenden ohne Ärzte aus und sind bis auf den heutigen Tag unumstritten die Beherrscher der Tiefen geblieben.«

Kaneko aß niemals heiße Gerichte. Ralf Pinetti glaubte an die Levitation und übte sich hartnäckig darin. Der Historiker Saul Repnin aber hat Angst vor Hunden und will nicht mit anderen Menschen zusammen leben, dachte Anton. Es sollte mich nicht wundern, wenn sich herausstellen würde, daß er eben deswegen nicht mit anderen Menschen zusammen leben will, weil er Angst vor Hunden hat. Merkwürdig, nicht wahr? Aber das macht ihn nicht schlechter.

Absonderlichkeiten. Es gibt keine Absonderlichkeiten, sondern nur Abweichungen. Äußere Beweise für eine unfaßbare tektonische Tätigkeit in den Tiefen der menschlichen Natur, wo die Vernunft auf Tod und Leben mit den Vorurteilen kämpft, die Zukunft mit der Vergangenheit. Wir aber möchten unbedingt, daß alle um uns herum schön unkompliziert sind, eben so, wie wir sie unserer armseligen Phantasie entsprechend sehen – möchten, daß man sie mit Hilfe der Grundkategorien kindlicher Vorstellungen beschreiben könnte: ein guter Onkel, ein geiziger Onkel, ein langweiliger Onkel, ein Angst einflößender Onkel, ein furchtbarer Dummkopf.

Saul findet es nicht im mindesten absonderlich, daß er Angst vor Hunden hat. Und Kaneko erscheint es keineswegs absonderlich, daß er nichts Heißes erträgt. Ebenso wie es Wadim niemals in den Sinn kommt, jemand könnte seine albernen Verse absonderlich statt spaßig finden. Galka zum Beispiel.

Kommen wir jetzt zu mir. Ich habe mir vorgenommen, zur Pandora zu fliegen. Wenn das zum Beispiel Kommandant Malyschew erführe, würde er mich verwundert ansehen und sagen: »Wenn du dich erholen willst, findest du dafür keinen besseren Ort als die Erde. Bist du jedoch entschlossen zu arbeiten, so nimm das schwarze System EN 8742, das laut Plan an der Reihe ist, oder den Riesen EN 6124, für den sich aus bestimmten Gründen Fachleute auf der Tagora interessieren.« Und Malyschew hätte recht. Und damit er mich verstünde und mich nicht mehr verwundert ansähe, müßte ich ihm erklären, ich sehnte mich nach Wadims Gesellschaft und Wadim wolle nun mal Tachorge schießen.

Anton lächelte ironisch. Warum so kompliziert? Heutzutage fliegen doch einfach alle zur Pandora, und einmal hat auch Galka zu mir gesagt, daß sie dorthin fliegen würde. Es ist ja so leicht in unserer Zeit, Reisen dorthin zu organisieren. Und ebenso leicht werden Pläne wieder über den Haufen geworfen. Aber könnte ich Malyschew denn eingestehen, daß sich dabei alles nur um Galka dreht? Warum lernt ein Mensch partout nicht, unkompliziert zu leben? Irgendwoher, aus bodenlosen, patriarchalischen Tiefen, steigen unentwegt Eitelkeit, Eigenliebe und gekränkter Stolz empor. Und aus unerfindlichen Gründen gibt es immer etwas zu verbergen, gibt es immer etwas, dessen man sich schämt.

Anton blickte auf das Nelkensträußchen, das vor dem Bildschirm lag. Ach, Galka! dachte er. Er hauchte auf das Pult und schrieb mit dem Finger in den schwindenden matten Kreis: Ach Galka, du ... Die Buchstaben verblaßten so schnell, daß er keine Zeit mehr fand, noch ein Ausrufezeichen dahinter zu setzen. Da hauchte er noch einmal auf das Pult und malte extra ein Ausrufezeichen. Dann lehnte er sich wieder im Sessel zurück und versuchte zum hundertstenmal, logisch die Aufgabe zu lösen: Ich liebe ein Mädchen, aber das Mädchen liebt mich nicht, ist jedoch nett zu mir. Was soll ich machen?

Was würde sich eigentlich ändern, wenn sie sich in mich verliebte? Ich könnte sie umarmen und küssen. Ich könnte dauernd mit ihr zusammen sein. Ich wäre stolz darauf. Das wäre aber auch alles, wie's scheint. Es ist dumm, aber das wäre alles. Es hätte sich einfach ein weiterer Wunsch erfüllt. Wie erbärmlich das alles aussieht, wenn man es logisch betrachtet! Aber anders kann ich es nicht betrachten. Ich bin ein hohler Mensch, ein Zyniker. Er sah Galka vor sich, wie sie sprach: ein wenig über die Schulter hinweg und die Augen leicht von den Wimpern bedeckt. Warum ist das alles so dumm eingerichtet: Vor allen möglichen nebensächlichen Übeln – vor Krankheit, Gleichgültigkeit oder Tod – kann man einen Menschen retten, nur bei einem echten Übel – der Liebe – vermag ihm niemand und nichts zu helfen. Es finden sich zwar Ratgeber, aber jeder wird das raten, was für ihn selbst am besten wäre. Und der Leidtragende, der Dummkopf, will auch gar nicht, daß ihm geholfen wird, das ist ja das Eigenartige.

»Darf man fragen, wo Sie hin wollen?« erkundigte sich Saul laut.

»In die Steuerzentrale«, antwortete Wadim.

»Warten Sie. Wir haben uns doch noch gar nicht richtig bekannt gemacht.«

Die Tür zur Steuerzentrale stand offen, und Anton hörte die ganze Zeit mit halbem Ohr, wie in der Messe etwas von Tachorgen, dichtem Gestrüpp und von der Theorie historischer Abfolgen gemurmelt wurde. Bald lauschte er aufmerksamer.

»Sie heißen doch Wadim, wenn ich mich recht erinnere?« sagte Saul.

»In der Regel ja«, erwiderte Wadim ernst. »Manchmal nennt man mich auch struktureller Linguist oder ›Fliegender Stier‹.«

»Also Wadim. Und wie alt sind Sie?«

»Zweiundzwanzig lokal-irdische Jahre.«

»Lokal . . . Nun ja, natürlich. Wie sagten Sie gleich? Lokal-irdische?«

»Ja. Mit den alten siderischen habe ich nichts zu tun.«

»Ganz recht. Das hab ich auch angenommen. Und Ihr Vater, entschuldigen Sie, was wird der sein?«

»Was der sein wird? Wahrscheinlich wird er immer Meliorator bleiben.«

»Ääh . . . Verstehe, verstehe. Das meinte ich eigentlich auch.«

Eine Pause trat ein.

»Ein sehr schöner Tisch«, sagte Saul verlegen.

Wieder eine Pause.

»Und Ihre Frau Mutter?«

»Meine Mutter? Die ist . . . Stationswart. Sie arbeitet in einer Mesonuklearstation.«

Man hörte, wie Saul nervös mit den Fingern auf der Tischplatte trommelte.

»So geht das nicht weiter, Wadim«, sagte er. »Sie sollten dem keine Beachtung schenken. Ich rede wohl ein wenig seltsam, aber Sie müssen wissen: meine Lebensweise . . . Mein Modus vivendi . . . Ich bin eng spezialisiert. Ausschließlich auf das zwanzigste Jahrhundert. Ein Bücherwurm, wie man dazumal sagte. Ewig in Museen, ewig mit alten Wälzern . . .«

»Der Einfluß des Milieus.«

»Ja, ja, genau das. Ich komme selten unter Menschen. Und da passierte mir folgendes. Kennen Sie Professor Arnautow?«

»Nein.«

»Ein großer Fachmann. Mein geistiger Rivale. Er hat mich gebeten, einige Aspekte seiner neuen Theorie einer Prüfung zu unterziehen. Das konnte ich doch nicht gut ablehnen, nicht wahr? Und so mußte ich denn . . . mein Studierstübchen verlassen. So ist das. Doch was sprechen wir immer nur von mir! Sie sind also strukturel-ler Linguist?«

»Ja.«

»Eine interessante Arbeit?«

»Gibt es denn auch uninteressante Arbeit?«

»Ja, natürlich. Und womit beschäftigen Sie sich speziell?«

»Mit Strukturanalysen. Aber ich möchte Sie daran erinnern, Saul, daß ich mich von allem Irdischen gelöst habe. Lassen Sie mich weiter von den Tachorgen erzählen.«

»Aber nein, vielen Dank, nichts mehr von den Tachorgen. Erzählen Sie mir lieber, wie Sie arbeiten.«

»Ich habe Ihnen doch gesagt, Saul, daß ich mich davon gelöst habe.«

»Was heißt das: sich davon gelöst haben? Denken Sie jetzt überhaupt nicht mehr an Ihre Arbeit?«

»Im Gegenteil. Ich denke die ganze Zeit daran. Ich denke immer an die Arbeit, mit der ich mich gerade beschäftige. Zur Zeit bin ich Superkargo und Kopilot – dies für den Fall, daß Anton plötzlich einen Gichtanfall bekommt. Aber das sagte ich wohl schon . . . Und so hab ich jetzt das dringende Bedürfnis, das ›Schiff‹ eine Weile zu steuern.«

»Das läuft Ihnen nicht davon. Außerdem brauchen Sie mir nichts über das Wesen Ihrer Arbeit zu erzählen, sondern über die äußere Form sozusagen. Sie kommen also zur Arbeit. Es ist ein gewöhnlicher Arbeitstag . . .«

»Schön. Ein Arbeitstag. Ich lege mich auf den Rechenautomaten und denke nach.«

»Nanu. Warten Sie – auf den Rechenautomaten? Nun ja, ich verstehe. Sie sind Linguist, und Sie legen sich auf . . . Und was geschieht dann?«

»Ich denke eine Stunde lang nach. Eine zweite, dritte . . .«

»Und schließlich?«

»Fünf Stunden lang denke ich nach, aber es kommt nichts raus dabei. So steige ich denn wieder runter und gehe.«

»Wohin?«

»Zum Beispiel in den Tierpark.«

»In den Tierpark? Weshalb denn in den Tierpark?«

»Einfach so. Ich liebe Tiere.«

»Nun ja, und die Arbeit?«

»Was soll damit sein! Ich komme am nächsten Tag wieder und denke erneut nach.«

»Wieder fünf Stunden lang, und danach geht's abermals in den Tierpark?«

»Nein. Gewöhnlich kommen mir über Nacht irgendwelche Ideen, die ich dann am nächsten Tag nur zu Ende denke, worauf der Automat streikt.«

»So. Und dann gehen Sie in den Tierpark?«

»Was wollen Sie bloß immer mit dem Tierpark! Dann reparieren wir den Automaten. Und zwar bis zm nächsten Morgen.«

»Na, und dann?«

»Dann geht der Alltag zu Ende, und die Feiertage fangen an. Allen quellen schier die Augen aus dem Kopf, jeder denkt: Gleich streikt der Automat wieder, und alle Arbeit war umsonst.«

»Na schön. Das ist der Alltag. Aber man kann ja nicht immer nur arbeiten ...«

»Nein, das kann man nicht«, bestätigte Wadim mit Bedauern. »Ich zum Beispiel kann das nicht. Schließlich dreht man durch und muß sich erholen.«

»Wie denn?«

»Wie's einem gefällt. Ich zum Beispiel fahre oft Segelschlitten. Fahren Sie auch gern Segelschlitten?«

»Ich hatte noch keine Gelegenheit dazu.«

»Was Sie nicht sagen, Saul! Ich werde Sie mal mitnehmen. Was haben Sie für einen Gesundheitsindex?«

»Gesundheitsindex? Ich bin kerngesund. Woran arbeiten Sie denn zur Zeit?«

»An Bündeln isolierter Strukturen.«

»Und wozu ist das notwendig?«

»Was heißt: wozu?«

»Nun, wer hat einen Nutzen davon?«

»Jeder, der daran interessiert ist. Zur Zeit wird ein Universaltranslator projektiert. Er muß isolierte Strukturen bündeln können.«

»Sagen Sie, Wadim, kann man hier, im ›Schiff‹ auch Musik hören?«

»Natürlich. Was möchten Sie gern hören? Die ›Triller‹ von Schejer? Dabei läßt sich das ›Schiff‹ erstaunlich gut steuern.«

»Und Bach?«

»Hm, Bach! Soviel ich weiß, haben wir auch Bach. Wissen Sie,

Saul, mit Ihnen Musik zu hören muß ein Hochgenuß sein.«

»Wieso?«

»Ich weiß nicht. Sie sind doch bestimmt ein großer Musikkenner. Lieben Sie Mendelssohn Bartholdy?«

»Sie kennen Mendelssohn?«

»Aber Saul! Mendelssohn ist doch der beste von den Alten! Ich hoffe, Sie lieben ihn. Allerdings kann man ihn im ›Schiff‹ schlecht hören. Sie wissen, was ich meine?«

»Vermutlich ja. Ich pflege Mendelssohn in meinem behaglichen Arbeitszimmer zu hören.«

Endlich sind sie ins Gespräch gekommen, dachte Anton. Er warf einen Blick auf die Uhr. Das »Schiff« gelangte in die Startzone über dem Nordpol. Auf dem Bildschirm tauchten in der violetten Tiefe dunkle Punkte auf – Raumschiffe, die auf den Start warteten.

»Entschuldigt, daß ich euch unterbreche«, rief Anton durch die Tür, »aber wir starten bald. Wadim, zeig Saul mal, wie die Antiträgheitskammer funktioniert.«

Anton schickte eine Anfrage an die Kontrollstation, das Programm des bevorstehenden Fluges betreffend, und erhielt nach einer halben Stunde, während der das »Schiff« zusammen mit zwei Dutzend anderen großen und kleinen Raumschiffen in der Stratosphäre schwebte, das Programm für den Hinflug sowie sieben Varianten für den Rückflug und die Genehmigung zum Übergang in den Subraum. Danach bat er die Passagiere, sich in ihre Kabinen zu begeben, suchte seine eigene auf, verständigte sich noch einmal mit den anderen und gab dann dem »Schiff« das Startkommando.

Wie jedesmal verspürte Anton starke Übelkeit. Den ganzen Körper durchflutete es heiß, und kalter Schweiß trat ihm auf Gesicht und Rücken. Mit mattem Blick beobachtete er, wie der rote Zeiger, der die sich rasch ändernde Krümmung des Raumes anzeigte, ruckartig über die Skala sprang. Zweihundert Riemann . . . vierhundert . . . achthundert . . . tausendsechshundert Riemann in der Sekunde . . . Der Raum rings um das »Schiff« rotierte immer langsamer. Anton wußte, wie das aus der Ferne aussah. Der fest umrissene schwarze Konus des »Schiffes« wird unscharf, verschwimmt langsam und verschwindet plötzlich ganz, an seiner Stelle aber leuchtet in der Sonne eine große Wolke fester Luft auf. Im Umkreis von hundert Kilometern sinkt die Temperatur jäh um fünf bis zehn Grad. Dreitausend Riemann. Der feuerrote Zeiger war stehengeblieben. Die Epsilon-Deritrinitation war beendet und das

»Schiff« in den Zustand des Subraums übergegangen. Vom Standpunkt eines irdischen Beobachters war es jetzt auf die Entfernung der gesamten anderthalbhundert Parsek von der Sonne bis zum EN 7031 »auseinandergezogen«. Nun stand noch der umgekehrte Übergang bevor.

Beim Wiederaustritt aus dem Subraum bestand stets die Gefahr, daß man sich in allzu großer Nähe einer stark anziehenden Masse befand oder womöglich gar in ihr. Diese Gefahr existierte allerdings rein theoretisch. Die Wahrscheinlichkeit war weitaus geringer als die, beim Herausfallen aus einem Stratosphärenflugzeug über Leningrad genau in einem Kamin der Ermitage zu landen. Jedenfalls hatte sich im Verlauf der gesamten Menschheitsgeschichte weder das eine noch das andere jemals ereignet. Antons »Schiff« kehrte, zwei astronomische Einheiten von dem gelben Zwerg EN 7031 entfernt, wohlbehalten in den normalen Raum zurück.

Anton holte tief Luft, wischte sich den Schweiß von der Stirn und verließ seine Kabine. In der Steuerzentrale war alles in Ordnung. Er wanderte am Pult entlang, warf einen Blick auf den Panoramabildschirm und schaltete die Übergangsautomatik ab. Vor dem Bildschirm lag immer noch das Nelkensträußchen. Anton blieb stehen. »Schade!« murmelte er und tippte das Sträußchen mit dem Finger an. Da zerfielen die Blumen zu einem grünlichen Pulver. Die Ärmsten! dachte er. Sie haben's nicht ausgehalten. Wer hält das schon aus! Er begab sich zur Messe, um nach den Passagieren zu sehen.

Der Raum war rund, hierher führten die Türen aller acht Kabinen sowie die Luke zur unteren Etage, wo sich die Vorratskammern, die Synthetisatorküche, der Duschraum und dergleichen mehr befanden. Anton überflog Tisch und Sessel mit einem Blick, schob den Deckel des Müllschluckers zurecht und ging zu Wadims Kabine. Als er die Tür öffnete, fiel ihm Wadim entgegen; er war schweißgebadet und weiß wie eine Wand.

»Ist dir schlecht?« erkundigte sich Anton teilnahmsvoll.

Wadim sang mit Grabesstimme:

»Des Winds Geheul in weiter Ferne,
ein Pfeifen, das unheimlich ist –
den Unterraum durchmaß der Sterne
der strukturelle Linguist.«

Er klappte das Sofa herunter und setzte sich.
»Das ist es, weshalb ich nicht Raumfahrer geworden bin«, sagte er ein wenig heiser und legte sich hin.
»Das sagst du jedesmal«, bemerkte Anton. Als Wadim nichts darauf erwiderte, fuhr er fort: »Ich gehe jetzt Saul befreien.«
»Hast du unsere Unterhaltung mit angehört?« fragte Wadim mit geschlossenen Augen.
»Ja.«
»Ein interessanter Mensch, nicht wahr?«
»Ich weiß nicht«, erwiderte Anton. »Irgend etwas scheint ihn zu bedrücken.«
»Natürlich! Sonst hättest du ihn ja auch nicht an Bord genommen. Kaum wollen wir zu zweit verreisen, spielst du den Uneigennützigen. Halt, geh noch nicht.«
Anton blieb in der Tür stehen.
»Du redest blühenden Unsinn«, sagte er, »während es Saul dort wahrscheinlich schlecht geht. Ich glaube, er ist noch anfälliger als du.«
»O du mit Blindheit Geschlagener!« rief Wadim plötzlich mit tragischem Unterton. »Nein, bleib hier; mir geht es ebenfalls schlecht. Hast du denn noch nicht begriffen, was er für einer ist?«
»Wie meinst du das?«
Endlich richtete sich Wadim auf.
»Er hat nicht die geringste Ahnung von Linguistik«, erklärte er. »Ich hoffe, das hast du bemerkt?«
»Und was verstehst du von Geschichte?«
»Nun erzähl mir bloß noch, er sei ein Bücherwurm. Solche Bücherwürmer kennen wir. Ich erinnere nur an Benny Durow. Unterhalt dich mal mit den Tagoranern über ihn.«
Anton mußte lächeln.
»Na schön«, sagte er. »Aber halt dich trotzdem zurück. Ich ertrage dich ja in beliebigen Dosen, aber auf neue Bekannte machst du manchmal einen deprimierenden Eindruck. Etwas weniger überschäumenden Optimismus und mehr Taktgefühl.«
»Zu Befehl, Käptn«, sagte Wadim ernst. »Wird gemacht, Käptn.«
Anton verließ den Raum. Während er um den Tisch herumging, mußte er abermals lächeln – mit Wadim war es nie langweilig. In Kabine drei klappte er erst das Sofa herunter, bevor er die Kammertür öffnete. Er war darauf gefaßt, einen fallenden Körper auffangen zu müssen, doch statt dessen schlug ihm blauer Qualm entgegen.

Anton prallte zurück.

»Ist es schon soweit?« ertönte Sauls Stimme aus den Rauchschwaden.

Bei näherem Hinschauen sah Anton Saul auf seiner aufrecht stehenden Aktentasche sitzen und eine lange schwarze Pfeife rauchen. Er machte einen gleichmütigen, unbekümmerten Eindruck.

»Ist Ihnen nicht schlecht?« fragte Anton zurücktretend und setzte sich aufs Sofa.

»Absolut nicht. Darf man rauskommen?«

»Ich bitte darum«, erwiderte Anton.

Saul stand auf, nahm seine Aktentasche und verließ, sich bückend, die Kammer.

»Wir sind fast am Ziel«, sagte Anton. »Wir müssen uns bloß noch einen Planeten aussuchen und entscheiden, wo wir landen wollen.«

Saul setzte sich neben Anton.

»Sind wir sehr weit von der Erde entfernt?« erkundigte er sich.

»Hundertfünfzig Parsek. Viel weiter kommen wir nicht mit unserem ›Schiff‹.«

»Saul!« brüllte Wadim aus seiner Kabine. »Bestehen Sie auf einem erdähnlichen Planeten. Im Raumanzug wird es Ihnen kaum gefallen, und mit Sauerstoffmaske ist es auch nur so lala.«

Anton stand auf und machte die Tür fest zu.

»Mir ist es ganz gleich, welchen Planeten wir nehmen«, sagte Saul leise. »Aber natürlich lieber einen, auf dem man atmen kann.« Er lächelte plötzlich. »Das ist sehr wichtig, daß man atmen kann.« Anton sah ihn aufmerksam an. »Aber die Hauptsache ist, daß er unbewohnt ist.«

»Hören Sie zu, Saul«, sagte Anton. »Ein Planet findet sich für Sie; das ist eine Kleinigkeit. Wir haben auch eine Wohnkuppel für sechs Personen und einen Gleiter an Bord; ferner einen Nahrungsvorrat zur Einleitung eines Zyklus sowie eine gute Funkstation. Wir helfen Ihnen, sich einzurichten, und fliegen dann sofort wieder los. Einverstanden?«

Saul saß mit gesenktem Kopf da.

»Ja«, sagte er heiser. »So wird es am besten sein. Sicherlich.«

»Na, dann ist ja alles gut.« Anton stieß die Tür auf. »Ich gehe jetzt in die Steuerzentrale, und Sie . . . Wenn Sie wollen, können Sie mitkommen.«

In der Steuerzentrale schaltete Anton den Bordkatalog ein und studierte die Daten, die über das System EN 7031 vorlagen. Sie waren wenig interessant. Um den gelben Zwerg kreisten vier Planeten und zwei Asteroidengürtel. Am ehesten kam wohl noch der zweite Planet in Frage: Er war der Erde ähnlich und anderthalb astronomische Einheiten von seiner Sonne entfernt. Anton gab dem Autopiloten die Ephemeride ein.

Aus der Messe tönten Stimmen herüber.

»Wie haben Sie den Übergang ertragen, Saul?«

»Welchen Übergang? Ich habe nichts gemerkt.«

»Das habe ich mir gedacht.«

»Was?«

»Daß Sie es nicht merken würden. Wollen Sie sich duschen?«

»Nein. Wird es noch lange dauern?«

»Wahrscheinlich nicht. Merken Sie was?« Das »Schiff« geriet in Bewegung, der Boden glitt ihnen unter den Füßen weg. »Jetzt schwenken wir auf den neuen Kurs ein. Gehen wir in die Steuerzentrale, ja?«

»Stören wir da nicht?«

»Natürlich nicht. Wir sind doch Touristen. Weshalb schleppen Sie die Aktentasche immer mit?«

»Da ist was Wichtiges drin.«

»Dann sollten Sie sie nicht auf den Deckel des Müllschluckers stellen.«

Aufmerksam beobachtete Anton den Planeten auf dem Panoramabildschirm. Der Planet war hellblau wie die Erde und von einem weißen Wolkenschleier überzogen, nur die Kontinente waren anders verteilt: Ein großer Kontinent erstreckte sich längs des Äquators und ein zweiter, etwas kleinerer, zog sich zu einem der Pole hin.

»Das ist Ihr Planet, Saul«, sagte Anton und langte nach einem Blatt, das aus dem Schlitz des Antennenanalysators gefallen war. »Ein ausgezeichneter Planet. Keine Abplattung. Der Tag zu achtundzwanzig Stunden. Masse eineinzehntel. Keine giftigen Gase. Viel Sauerstoff. Etwas zu wenig Kohlensäure, aber das braucht Sie nicht weiter zu beunruhigen.«

Er sah Saul an. Der betrachtete seinen Planeten andächtig. Anton hatte fast den Eindruck, er sei den Tränen nahe.

»Freunde!« rief Wadim plötzlich. »Laßt uns diesen Planeten Saul nennen.«

»Er wird auf den Namen Saul getauft!« sagte Anton.

Er bog die Sprechmuschel des Bordtagebuchs zu sich herüber und diktierte: »Julianisches Datum: fünfundzwanzig zweiundvierzig neunhundertsiebenundsechzig. Der zweite Planet des Systems EN 7031 wird auf den Namen Saul getauft, nach dem Mitglied unserer Besatzung, dem Historiker Saul Repnin.«

Das Ganze war absolut ohne jede Bedeutung. Wurden doch die Planeten nach Schiffen und Städten, Lieblingshelden aus der Literatur oder Gegenständen benannt oder einfach mit Namen aus pompös klingenden Lautverbindungen belegt. Und wer nicht genügend Phantasie besaß, der nahm irgendein Buch zur Hand, schlug eine x-beliebige Seite auf, wählte ein beliebiges Wort aus und modelte es ein wenig um. Dabei kam dann so etwas heraus wie Lachowina, Rauferia oder Taubenuß.

Doch Saul bedankte sich gerührt.

Unterdessen wurde der Planet immer größer. Als auf dem Bildschirm nur noch der Kontinent zu sehen war, der sich längs des Äquators erstreckte, fragte Anton: »Wo wollen wir denn nun landen, Saul?«

Der tippte mit dem Finger auf die Mitte des Festlands. Anton hatte den Eindruck, daß er dabei die Augen zukniff.

»Freunde«, sagte Wadim gedehnt, »bitte etwas näher an der Küste.«

Es zog ihn offenbar zum Wasser. Im Ozean des Saul zu baden, in Wellen, die noch keinen Erdenbürger, ja vielleicht überhaupt noch kein vernunftbegabtes Wesen umspült hatten.

»Nun . . . Dann eben näher an der Küste«, sagte Saul unsicher. Er blickte Anton an. »Für meine Zwecke« – er hüstelte – »ist die Wahl des Ortes unwesentlich.«

»Wunderbar!« rief Wadim. Er schwang sich auf den Sessel neben Anton. »Es reicht!« erklärte er. »Den Kommandanten hat der Schlag getroffen, und er ist in bedenklichem Zustand in seine Kabine geschafft worden. Der stattliche, breitschultrige Kopilot hat die Steuerung übernommen.« Er legte die Finger auf die Kontakte der Biosteuerung, und sofort stürzte das »Schiff« in die Tiefe. Der Kontinent auf dem Bildschirm begann sich zu drehen, daß einem übel davon werden konnte. Wadim aber rezitierte laut:

»Jeder vor Entsetzen zittert
wie des Ofens Blechgerüst,
denn das Raumschiff lenkt erbittert
struktureller Linguist.«

Saul ließ seine Aktentasche fallen und hielt sich an Antons Schulter fest.

»Sag uns wenigstens, wo du hinwillst, Wadim!« forderte Anton.

»Dorthin, wo die blauen Wellen den Sand liebkosen«, erwiderte Wadim hastig.

Das »Schiff« schwenkte nach Steuerbord.

»Sachte, sachte«, mahnte Anton. »Weniger Emotionen. Du verfehlst das Festland.«

»Werd's schon schaffen!«

»Bremsen! Du siehst doch, daß wir vom Kurs abkommen!«

»Ich seh alles.«

»Gleich kracht es!« rief Anton.

»Keine Angst, keine Angst!« beruhigte ihn Wadim.

Der Bildschirm trübte sich. Das »Schiff« gelangte in die Atmosphäre. In den dichteren Luftschichten leuchtete ein Regenbogen auf und verschwand wieder. Schwarze und weiße Flecken flimmerten.

»Anblasen!« riet Anton.

»Ich weiß.«

»Du verlierst die Gewalt über das ›Schiff‹!«

»Hände weg, sonst kündige ich dir die Freundschaft!«

»Sie sollten wirklich keinen Fehler machen, Wadim«, mischte sich Saul vorsichtig ein.

Das Karussell auf dem Bildschirm kam zum Stehen. Rasch näherte sich ein weißes Feld, dann verdunkelte sich der Bildschirm und erlosch. Das »Schiff« erzitterte.

»So, das war's«, sagte Wadim. Er reckte sich und knackte mit den Fingern.

»Wieso?« fragte Saul. »Haben wir Bruch gemacht?«

»Wir sind gelandet«, sagte Anton. »Herzlich willkommen auf dem Saul!«

»Sind Sie aber ein waghalsiger Pilot!« sagte Saul zu Wadim.

»Das ist schon mehr als waghalsig«, pflichtete ihm Anton bei. »Weißt du, um wieviel du dein Ziel verfehlt hast, Wadim? Um runde zweihundert Kilometer. Aber den Bildschirm hast du noch rechtzeitig abgeschaltet, du Teufelskerl.«

»Gewohnheit«, erwiderte Wadim lässig.

Anton erhob sich.

»Nun gut«, sagte er. »Begeben wir uns nach draußen.«

Alle drei verließen sie die Steuerzentrale.

Anton öffnete die Lukenmembran. Beißende Frostluft strömte herein. Saul stieß Wadim beiseite und rief: »Warten Sie! Lassen Sie mich erst durch!«

Anton, der bereits einen Fuß über die Schwelle gesetzt hatte, blieb stehen. Den Scorcher über dem Kopf haltend, drängte sich Saul an ihm vorbei.

»Wollen Sie als erster aussteigen?« fragte Anton lächelnd.

»Ja«, murmelte Saul.

Er kletterte durch den schmalen Ausstieg, blieb aber gleich danach stehen, so daß Anton, der ihm gefolgt war, mit dem Kopf gegen ihn prallte.

»Vorwärts, Saul«, sagte er.

Saul stand da wie versteinert. Wadim klopfte Anton ungeduldig auf den gekrümmten Rücken.

»Lassen Sie uns doch durch, Saul«, bat Anton.

Endlich trat Saul beiseite, und Anton kletterte hinaus. Ringsum lag Schnee, und es schneite träge in großen Flocken. Das »Schiff« stand inmitten gleichförmiger runder Hügel, die sich kaum von der weißen Ebene abhoben. Kurzes mattgrünes Gras und viele kleine hellblaue und rote Blumen ragten aus dem Schnee hervor. Zehn Meter vom Ausstieg entfernt aber lag, von lockerem Schee bedeckt, ein Mensch.

3

Wadim kletterte als letzter aus dem »Schiff« und trat zu Saul. Da bemerkte er plötzlich, daß Saul den Scorcher schußbereit hielt und besorgt um sich blickte. Wadim sah sich ebenfalls um und gewahrte nun auch den Menschen.

»Das ist ja eine Überraschung!« rief er bestürzt.

Während Anton zu dem am Boden Liegenden ging, rührte sich Saul nicht von der Stelle. Sollte ich ihn etwa bei der Landung getötet haben? dachte Wadim entsetzt. Er eilte hinter Anton her und beugte sich gleichfalls über den leblos Daliegenden. Nach einem kurzen Blick richtete er sich rasch auf und schaute beiseite. Ringsum erhoben sich einförmig und trist verschneite Hügel, der Himmel war von einer niedrigen Wolkendecke überzogen, und am Horizont zeichneten sich vage die matten Konturen eines Gebirgszuges ab. Was für ein trauriger Planet! dachte Wadim.

Anton ließ sich auf die Knie nieder und berührte vorsichtig die Hand des Liegenden. Schmal und weiß sah sie aus, die Finger waren schlank wie aus Porzellan, und die langen Nägel schimmerten golden.

»Nun?« fragte Wadim und schluckte.

Anton erhob sich. »Erfroren. Vor ein paar Tagen. Und schrecklich ausgemergelt.«

»Hoffnungslos?«

Anton nickte.

»Er ist schon wie ein Stein.«

»Wie ein Stein . . .«, wiederholte Wadim. »Wie ist das möglich? Sieh nur, er ist ja noch ein halbes Kind.« Er zwang sich, den Toten anzuschauen. »Er hat Ähnlichkeit mit Walerka. Erinnerst du dich an Walerka?«

Anton legte Wadim die Hand auf die Schulter.

»Ja, er sieht ihm ähnlich.«

»Und ich dachte schon, ich hätte ihn bei der Landung getötet.«

»Nein, er liegt schon etliche Tage hier. Er ist vor Schwäche umgefallen und erfroren.«

»Warum hat er denn nur ein Hemd an?«

»Weiß ich nicht. Gehen wir zum ›Schiff‹ zurück.«

Wadim rührte sich nicht.

»Ich verstehe das nicht. Wir sind also nicht die ersten?«

Er sah sich nach Saul um; doch der war nicht mehr da.

»Vielleicht hast du dich geirrt, Anton. Vielleicht ist doch noch etwas zu machen?«

»Komm, Wadim.«

»Wie ist das bloß passiert?«

»Was weiß ich! Komm.«

Da erblickten sie Saul. Er kam langsam einen Hügel herab. Sie warteten, bis er heran war. Er sah traurig aus. Auf seinen Wangen tauten große Schneeflocken, und die Knie waren voller Schnee. Als er bei den beiden angekommen war, nahm er die ausgegangene Pfeife aus dem Mund und sagte: »Es sieht schlimm aus, junge Leute. Da liegen noch vier.« Er blickte auf den Toten. »Ebenfalls ausgezogen. Was gedenken Sie zu unternehmen?«

»Kehren wir ins ›Schiff‹ zurück«, sagte Anton. »Dort werden wir alles reiflich überlegen.«

Sie setzten sich in die Messe und schwiegen eine Weile. Wadim fröstelte. »Das ist vielleicht ein Planet!« stieß er hervor. »Ich verstehe überhaupt nichts mehr. Und dabei hieß es doch, hier sei noch keiner gewesen. Und vor allem – er ist ja noch ein Junge. Wie kommt er hierher?« Er verstummte und schloß die Augen, um die Vorstellung des mit Schnee bedeckten Gesichts zu verscheuchen.

Anton erhob sich und ging mit gesenktem Kopf um den Tisch herum. Saul stopfte seine Pfeife.

»Gestatten Sie, daß ich rauche?« fragte er.

»Ja, bitte«, erwiderte Anton zerstreut. Er blieb stehen. »Wir machen jetzt folgendes«, sagte er. »Wir haben doch den Gleiter. Den packen wir voll Lebensmittel und Kleidung und führen eine spiralförmige Suchaktion rund um das ›Schiff‹ durch. Auf den Hügeln können noch Überlebende sein.«

In Antons Stimme schwang ein fester Unterton mit, den Wadim noch nicht an ihm kannte.

»Von einem Touristenausflug kann jetzt nicht mehr die Rede sein«, fuhr Anton sanfter fort. »Hier handelt es sich meiner Ansicht nach um außergewöhnliche Umstände. Da werde ich euch wohl Befehle erteilen müssen, und ihr müßt sie ausführen.« Er blickte Saul an und breitete bedauernd die Arme aus. »Sie sehen, Saul, da kann man nichts machen.«

»Ja«, sagte Saul. »Ja, natürlich. Ich bin bereit, Kapitän. Befehlen Sie.«

»Hast du denn schon für alles eine Erklärung?« erkundigte sich Wadim.

»Darüber unterhalten wir uns später«, erwiderte Anton. »Jetzt müssen wir erst den Gleiter großziehen. Komm, Wadim.«

Saul legte seine Pfeife hin, erhob sich gleichfalls und rückte den Riemen des Scorchers auf der Schulter zurecht.

»Danke, Saul, wir werden schon allein fertig«, sagte Anton.

»Ich möchte aber gern mitkommen«, entgegnete Saul. »Ich werde Sie nicht stören, Kapitän.«

Sie brachten das »Ei« hinaus und legten es in einiger Entfernung auf der Spitze eines Hügels nieder. Der Schnee fiel jetzt dichter, die Schneeflocken kitzelten die Wangen, und Wadim wischte sie verärgert aus dem Gesicht. Ein kalter Wind wehte und ließ ihn frösteln, während er zusah, wie Anton die Aktivatoren sorgfältig an der glatten Oberfläche des mechanischen Embryos befestigte. Die Kälte zwickte in die bloßen Arme und Beine, und Wadim mußte plötzlich daran denken, daß vielleicht zur gleichen Zeit irgendwo hinter den Hügeln barfüßige Menschen in langen grauen Hemden durch den tiefen Schnee wateten.

Anton richtete sich auf und hauchte sich in die geröteten Hände. »Ich glaube, das wär's«, sagte er. »Kontrolliere mal, Wadim.«

Wadim prüfte die Verteilung der Aktivatoren. Alles in Ordnung. Sie kehrten zum »Schiff« zurück. Saul, der die ganze Zeit hinter ihnen gestanden hatte, folgte ihnen. Das »Schiff« tankte bereits Energie; als schwarzer Berg ragte es aus dem Weiß auf, und seine geneigte Spitze folgte dem unsichtbaren EN 7031.

Als sie beim »Schiff« anlangten, sagte Saul: »Bald ist alles zugeschneit. Es wäre nicht schlecht, eine Obduktion vorzunehmen.«

»Wozu?« sagte Anton. »Er ist hoffnungslos tot.«

»Eben. Man müßte ergründen, woran sie gestorben sind.«

»Sie sind erfroren«, erwiderte Anton. »Das sieht man auch ohne Obduktion.«

»Mir kam es so vor . . .,« sagte Saul, verstummte aber sofort und kletterte durch den Einstieg.

»Versteht doch, ich bin kein richtiger Arzt. Ich . . . möchte das nicht«, sagte Anton in der Messe.

»Ich verstehe«, erwiderte Saul.

»Wadim«, sagte Anton, »pack Lebensmittel ein. Alle vorhandenen Vorräte. Sie, Saul, haben gesagt, Sie könnten nähen. Die Anzüge müssen passend gemacht werden. Ich werde mich um die Medikamente kümmern.«

Die Kombinationen waren aus elastischem Material, doch der Größenunterschied zwischen Saul und Anton war beträchtlich. Die Kombination für Anton mußte komprimiert und die für Saul geweitet werden. Dabei stellte sich heraus, daß Saul gar nicht nähen konnte. Ratlos drehte er den Ultraschallkopf in den Händen hin und her, knüllte die Anzüge und glättete sie wieder und blickte Anton verlegen an. Offenbar hatten die Historiker, die in ihren behaglichen Arbeitszimmern saßen, keine Ahnung von so einfachen Dingen. Wahrscheinlich interessierte sie hauptsächlich, wie das in früheren Zeiten gemacht wurde. Wadim mußte Saul den Ultraschallkopf aus der Hand nehmen und ihm zeigen, wie das heutzutage gemacht wurde. Zu seinem Erstaunen erwies sich der Historiker als recht gelehrig, und wenige Minuten später war jeder mit seiner Aufgabe beschäftigt.

»Weshalb glauben Sie, Kapitän, daß da noch welche am Leben geblieben sind?« fragte Saul nach einer Weile, ohne von seiner Arbeit aufzublicken.

»Ich glaube es nicht«, entgegnete Anton, »ich hoffe es.«

Wadim, der mit dem Packen seines Sackes fertig war, schnürte ihn zu und setzte sich an den Tisch.

»Sind die übrigen vier auch junge Leute?« erkundigte er sich.

»Ja«, antwortete Saul. »Halbwüchsige. Bedeutend jünger als Sie.«

»Vor rund fünf Jahren wollte ich mir mal mit anderen Jungs zusammen ein Raumschiff nehmen und damit zur Tagora fliegen«, sagte Wadim. »Man hat uns natürlich keins gegeben. Vielleicht ist es diesen geglückt?«

»Ein Raumschiff kann nur ein Pilot mit Praxis bekommen«, warf Anton ein. »Was aber haben diese grünen Jungs schon für eine Praxis! Überhaupt ist das alles unbegreiflich. Die vergoldeten Fingernägel. Die primitiven Hemden auf dem bloßen Körper. Und vor allem: Wie sind sie hierher geraten?«

»Sehr einfach«, sagte Wadim. »Irgend jemand hatte einen Flug vor und ließ das Raumschiff vor dem Haus stehen. In der Nacht drangen sie heimlich in das Schiff ein und starteten, spielten Rumata der Forscher. Hier verließen sie das Schiff, verirrten sich und wurden vom Frost überrascht. Das ist alles.«

»Was du da sagst, ist ganz unmöglich«, entgegnete Anton sachlich. »Selbst wenn sich alles so abgespielt hätte, wüßte ich davon. Sie sind vor ein paar Tagen umgekommen. Da hätte man auf der Erde eine globale Suchaktion eingeleitet.«

»Und wenn sie nun mit irgendwelchen Erwachsenen hier sind?«

Anton schwieg eine Weile.

»Dann suchen wir die Erwachsenen«, erwiderte er schließlich.

»Eins stört mich«, sagte Wadim. »Diese unglaublichen Hemden . . .«

»Das sind keine Hemden«, sagte Saul plötzlich. »Das sind Säcke. Mit Löchern für den Kopf und die Arme. Grobe Jutesäcke. Jetzt gibt es die nicht mehr.« Er lächelte gequält. »Verstehen Sie, Wadim: Für die Jungen wäre es leichter gewesen, sich einen Scorcher oder eine Bathysphere zu beschaffen als einen einzigen Jutesack. Es ist sehr lange her, daß es die gab. Mir will auch absolut nicht gefallen, daß sie unter den Säcken nackt sind.«

Wadim stockte das Herz. Merkwürdig und unheimlich erschien ihm das alles.

Saul faltete eine der Kombinationen auseinander, hob sie hoch und prüfte sie.

»Und darum teile ich auch nicht Ihre Meinung«, fuhr er fort. »Ich bin der Ansicht, das sind Ureinwohner. Und . . . Ich weiß nicht, ob Sie mich verstehen werden . . . Im Zeitalter der Jutesäcke spielten sich merkwürdige Dinge ab. Ich glaube, man hat diese jungen Menschen bis aufs Hemd ausgezogen und hier in der Einöde ausgesetzt. Probieren Sie mal an, Anton.«

Anton nahm die Kombination.

»Ihrer Meinung nach existiert also auf dem Saul eine eigene Zivilisation?« fragte er ungläubig. »Und wir befinden uns hier im Zeitalter der Jutesäcke?«

»Woher soll ich das wissen, Kapitän! Ich stelle nur fest, was ich sehe. Ich sehe Jutesäcke und weiß, daß es die auf der Erde nicht mehr gibt. Folglich sind dies keine Erdenmenschen. Vielleicht sind es auch Pilger, Fanatiker, die, einem Gelübde folgend, in Sackleinen gehüllt, zu einem heiligen Ort wallfahrteten, vom Weg abkamen und in einen Schneesturm gerieten. Ich weiß es nicht.«

Wadim leuchtete das alles nicht recht ein. Zwar waren ihm die Worte »Pilger«, »heiliger Ort«, »Gelübde« geläufig, er wußte, daß sie etwas mit religiösem Kult zu tun hatten, doch hatten sie für ihn keinen realen Inhalt. Er fand, Saul müsse ein versierter Fachmann auf seinem Gebiet sein. Doch nicht das war es, was ihn stark beeindruckte.

»Moment mal!« sagte er. »Eine Zivilisation also? Das ist ein Ding! Da sind wir zu einem Ausflug gestartet und entdecken so ganz nebenbei eine Zivilisation! Ich kann's einfach nicht glauben«, erklärte er.

»So ganz nebenbei«, wiederholte Anton nachdenklich. »Wirklich so ganz nebenbei? Der EN 7031 steht auf dem Forschungsplan.«

»Ja, du sprachst davon. Aber eine Expedition war noch nicht hier.«

»Nein, das nicht. Immerhin ist der EN 7031 in dem Verzeichnis der Sterne aufgeführt, die auf dem hypothetischen Weg der ›Wanderer‹ liegen.«

»Von solch einem Verzeichnis hab ich nie gehört«, erwiderte Wadim.

»Es existiert aber. Es stammt von Gorbowski und Bader. Die Aussicht, eine Zivilisation vorzufinden, war also durchaus gegeben, Wadim. Vielleicht hat Saul recht, und es handelt sich um junge Ureinwohner. In welcher Beziehung sie zu den ›Wanderern‹ stehen, das ist eine andere Frage.«

Den Kopf in die Hände gestützt, saß Wadim am Tisch. Eine

Zivilisation soll das sein? Na schön, dachte er, nehmen wir an, daß sich gesunde junge Burschen ohne jeden Widerstand ausziehen lassen und gehorsam erfrieren. Und wenn es Fanatiker sind? Er stellte sich einen Fanatiker vor. Das war ein hohlwangiger, glatzköpfiger Greis mit irrem Blick und einer schweren rostigen Kette um den Hals. Nein, dachte er, Fanatiker können es nicht sein. Vielleicht sind es welche von den »Wanderern«? Jawohl, in Jutesäcken! Er mußte an die zyklopischen Bauwerke denken, die die »Wanderer« auf dem Wladislaw hinterlassen hatten, und Wehmut überkam ihn. Die übermannte ihn jedesmal, wenn er vor einer Aufgabe stand, die seine Kräfte überstieg.

»Anton«, sagte er. »Was ist mit dem Gleiter?«

Anton blickte auf die Uhr.

»Es ist Zeit«, erwiderte er. »Machen wir uns auf den Weg. Zieht euch an, und nehmt jeder einen Sack.«

»Moment mal«, sagte Saul, »wir müssen das noch präzisieren. Wonach wollen wir suchen?«

Wadim hatte den Eindruck, Anton sei unschlüssig.

»Wir werden nach Menschen suchen, die sich in Not befinden.«

Saul knöpfte seine Kombination zu. »Und wenn sich hier glücklicherweise niemand mehr in Not befindet? Ich denke dabei an die Variante mit den Räubern.«

»Bei dieser Variante würde ich nicht zimperlich sein«, murmelte Wadim.

»Bei jeder anderen Variante bitte ich, nicht eine Bewegung ohne meinen ausdrücklichen Befehl zu machen«, sagte Anton, deutlich artikulierend.

Er schritt zur Tür.

»Nehmen Sie keine Waffen mit?« fragte Saul.

»Wir brauchen keine Waffen«, entgegnete Anton.

»Es gibt hier schon genug Tote«, sagte Wadim.

Als sie das »Schiff« verließen, versanken sie sofort in tiefem Schnee. Der Gleiter war hinter dem weißen Vorhang kaum zu sehen. Es war ein Antigravgleiter vom Typ »Kusnetschik«, eine zuverlässige sechssitzige Maschine, die sich bei Expeditionsmitgliedern und Jägern großer Beliebtheit erfreute. Er stand am Rande einer riesigen Schneegrube, aus der dichter Dampf aufstieg; seine glatten Bordwände waren noch warm, in der Kabine aber war es sogar heiß.

Sie verstauten die Säcke im Gepäckraum und kletterten in die

Maschine, unter das glatte durchsichtige Kabinendach.

»Ach, so ein Ärger!« sagte Anton plötzlich. »Entschuldige bitte, Wadim. Du brauchst doch bestimmt zum Dolmetschen den Analysator.«

»Wieso zum Dolmetschen?« erkundigte sich Saul.

Wadim rieb sich das Kinn. »Zwar nicht gerade den Analysator«, sagte er langsam, »aber ohne Mnemokristalle kommen wir für den Anfang nicht aus. Es muß noch mal jemand zum »Schiff« rüber.«

»Uff«, sagte Anton, aus dem Gleiter kletternd. »Wieviel brauchst du davon?«

»Ein Paar dürfte genügen. Aber nimm welche mit Saugkörpern, damit man sie nicht in der Hand halten muß.«

Anton eilte durch den Schnee zum »Schiff« zurück.

»Worum geht's denn?« erkundigte sich Saul.

»Wir müssen uns doch irgendwie mit den Menschen verständigen, wenn wir welche finden«, antwortete Wadim.

Er schaltete das Triebwerk ein und ließ den Gleiter sanft vom Boden abheben und wieder aufsetzen.

»Und davon sprechen Sie so leichthin?« Saul schnippte mit den Fingern.

Wadim sah ihn verwundert an.

»Wie soll ich denn sonst davon sprechen?«

»Nun ja, natürlich«, antwortete Saul.

Ein komischer Kauz! dachte Wadim. Sollte er tatsächlich sein Leben lang in seinem Arbeitszimmer gehockt und Mendelssohn Bartholdy gehört haben?

»Saul«, sagte er, »den Arbeiten Sugimotos zufolge ist die Verständigung mit Humanoiden eine rein technische Angelegenheit. Wissen Sie denn nicht mehr, wie Sugimoto mit den Tagoranern zu einer Verständigung gelangte? Das war doch ein grandioser Erfolg! Darüber ist hinterher viel gesprochen und geschrieben worden.«

»Aber natürlich!« erwiderte Saul lebhaft. »Wie könnte man so etwas je vergessen! Ich dachte bloß, daß dazu . . . nur Sugimoto imstande wäre.«

»Aber nein«, entgegnete Wadim lässig. »Das bringt jeder x-beliebige strukturelle Linguist fertig!«

Anton kam zurück, drückte Wadim eine Schachtel mit Kristallen in die Hand und nahm wieder seinen Platz ein.

»Es kann losgehen!« sagte er.

»Hör mal«, druckste Wadim und blickte dabei auf den kaum

wahrnehmbaren Schneehügel neben dem »Schiff«. »Es ist schlecht, sie hier so liegenzulassen. Vielleicht sollten wir sie erst beerdigen?«

»Nein«, entgegnete Anton. »Dazu haben wir nicht das Recht.«

Wadim nickte. Es sind nicht unsere Toten, dachte er, und es steht uns nicht zu, sie nach unseren Bräuchen zu bestatten. Er griff nach dem Steuerknüppel und schaltete das Triebwerk ein. Sanft erhob sich der Gleiter über die Schneewehen und flog in den weißen Nebel hinein.

Wadim saß wie gewöhnlich mit gekrümmtem Rücken. Er bewegte den Steuerknüppel nur ganz wenig, um die Stabilität zu kontrollieren. Schnee fegte ihm entgegen, und er sah nur einen tausendschwänzigen weißen Stern, dessen Zentrum langsam vor ihm her schwebte. Wadim schaltete das Suchradar ein.

Der Gleiter gelangte aus dem Schneegestöber hinaus und jagte über einer verschneiten hügeligen Ebene dahin. Wadim erhöhte die Geschwindigkeit, das Triebwerk arbeitete mit tiefem Pfeifen, und die Hügelkuppen rasten nur so unter ihnen hinweg. Der Himmel war vollkommen weiß, rechter Hand leuchtete dicht über dem Horizont ein blendend heller Fleck – der EN 7031. Im Norden zeichneten sich deutlich die Konturen des Felsengebirges ab. Der blendend helle Fleck wanderte langsam nach rechts und blieb dann zurück – der Gleiter flog auf einer Kreislinie mit einem Radius von zehn Kilometern um das »Schiff« herum. Vorn, links und rechts nichts als Hügel.

Plötzlich rief Anton: »Seht mal, eine Herde!«

Wadim drosselte die Geschwindigkeit und wendete. Gleich darauf hing der Gleiter regungslos in der Luft. In einem Talkessel zwischen den Hügeln trabte ein Rudel Tiere. Es waren kleine Vierbeiner, die wie geweihlose Hirsche aussahen. Die langen schwarzmäuligen Köpfe in den Nacken gelegt, jagten sie dahin, was die Lungen hergaben. Sie blieben mit ihren schlanken Beinen in den Schneewehen stecken, fielen hin, wirbelten stampfend Schneewolken auf, sprangen erneut auf die Beine und liefen, sich bei jedem Sprung zusammenkrümmend, weiter. Hinter ihnen blieben tiefe Schneefurchen zurück. In diesen Furchen aber folgten ihnen auf nackten Stelzbeinen, die langen Hälse weit vorgestreckt, riesige straußenähnliche Vögel. Nur die Schnäbel dieser Vögel sahen anders aus als bei einem Strauß; es waren mächtige Krummschnäbel mit nach unten gebogener scharfer Spitze.

Wadim ging im Sturzflug hinunter und flog den Talkessel entlang.

Während die Herde unter dem Gleiter dahinraste und ihn nicht einmal bemerkte, kauerten sich die Vögel – es waren drei – sofort hin und sperrten mit emporgereckten Köpfen furchterregend die Schnäbel auf. Wenn man die jagen könnte! schoß es Wadim durch den Sinn. Er ließ den Gleiter wieder steigen und schaltete ihn auf Sprung-Betrieb um. Ganz nahe, fast das Spektrolit des Kabinendaches zerkratzend, schnappten die abscheulichen Schnäbel zu und waren gleich darauf wieder verschwunden. Jetzt sauste der Gleiter mit Zweikilometersprüngen dahin, wobei er bis zu der niedrigen Wolkendecke emporstieg, und jedesmal tat sich unter ihm die Ebene auf, und man sah im Umkreis von Dutzenden Kilometern nichts als endlose Schneewüste.

»Schlimm«, murmelte Saul.

»Was?«

»Die Vögel ...«

Und so was nennt sich Zivilisation! dachte Wadim. Nicht mal eine Suchaktion können sie organisieren! Lassen diese Milchbärte nackt und unbewaffnet losziehen! Hier kann man sich wahrscheinlich ohne Waffe nicht einen Schritt hinauswagen. Bestimmt waren das mutige Burschen.

Nachdem der Gleiter eine Runde im Abstand von zehn Kilometern geflogen war, begann er eine zweite im Abstand von zwanzig Kilometern.

»Da! Von da sind sie wahrscheinlich gekommen!« rief Anton plötzlich. »Dreißig Grad rechts vom Kurs.«

Am Rande der Ebene unterhalb des graublauen Gebirgsmassivs waren dunkle, regelmäßig geformte Flecke zu erkennen.

»Das sieht aus wie eine große Siedlung«, sagte Saul. »Haben wir keinen Feldstecher mit?«

Das Spektrolit des Kabinendaches durchdrang den Dunstschleier, und über die Okulare gebeugt, konnte Wadim die Umrisse von Gebäuden, zinnenbewehrten Mauern und Kuppeln erkennen.

»Eine Stadt«, sagte er. »Was wollen wir tun?«

»Eine Stadt?« wiederholte Saul fragend. »Interessant! Und wie weit ist es bis dorthin?«

»Etwa fünfzehn Kilometer.«

»So. Also sind es von der Stadt bis zum »Schiff« etwa dreißig Kilometer. Bei einer gewissen Zähigkeit kann man die sogar barfuß zurücklegen.«

»Das würde ich um keinen Preis ausprobieren«, murmelte

Wadim.

Unter den Windstößen erzitternd, hing der Gleiter zwanzig Meter über der Erde. Was sind das hier für Sitten? dachte Wadim. Wo bleiben die Suchtrupps? Wo die Gleiter und Helikopter mit Freiwilligen? Da sind ganz in der Nähe der Stadt Menschen erfroren, und hier auf . . .zig Kilometer in der Runde nicht eine einzige lebende Seele zu entdecken, außer diesen Vögeln. Die aber haben hier absolut nichts zu suchen. Man hätte sie schon vor hundert Jahren von hier vertreiben sollen, statt in unmittelbarer Nachbarschaft ein Reservat für Raubtiere zu schaffen. Was zögert Anton noch? Warum sollen wir nicht in der Stadt aufkreuzen und die Bewohner auf den rechten Weg bringen? Auf die Formalitäten beim ersten Kontakt kann man in solchem Falle wahrhaftig verzichten. Er sah Anton an.

Der zögerte noch immer. Er saß kerzengerade da, die Augen zu einem schmalen Spalt verengt und die Lippen fest zusammengepreßt. Das war seine übliche Haltung, wenn er im Geist eine Navigationsaufgabe löste.

»Nun, Käptn?« fragte Wadim.

Antons Gesicht entspannte sich.

»Eigentlich müßten wir jetzt zum ›Schiff‹ zurückkehren«, sagte er. »Aber . . . flieg weiter! Halt am Rande an und geh etwas höher.«

Der Gleiter bewältigte die Strecke bis zur Stadt in drei Sprüngen, und schon nach dem zweiten erkannte Wadim, daß das gar keine Stadt war. Jedenfalls wurde ihm nun klar, weshalb sich hier niemand um das Schicksal der verschwundenen jungen Burschen kümmerte.

»Hier hat es eine entsetzliche Explosion gegeben«, murmelte hinter ihm Saul.

Der Gleiter verharrte über dem Rand eines gigantischen Trichters, der dem Krater eines tätigen Vulkans glich. Der einen halben Kilometer breite Trichter war bis zum Rand mit schwerem wallendem Rauch angefüllt. Er war blaugrau und wogte in trägen Schwaden; wahrscheinlich war er bedeutend schwerer als die Luft, denn an keiner einzigen Stelle stieg er über den Trichterrand empor. Von der Seite sah es aus, als wäre es kein Rauch, sondern eine Flüssigkeit. Am Trichterrand klebten noch schneebedeckte Ruinen, und aus den Schneewehen ragten die bizarren Überreste verschiedenfarbiger Mauern, schiefe Türme, verbogene Metallkonstruktionen und durchlöcherte Kuppeln.

Fassungslos starrte Wadim nach unten.

»Das kennen wir«, murmelte Saul undeutlich. »Ein Bombenangriff. Die Munitionslager explodiert. Es kann noch gar nicht lange her sein – der Rauch hat sich noch nicht verzogen. Stellenweise brennt es noch ...«

Wadim schüttelte den Kopf.

»In so einer Stadt kann ja keiner leben. Die Menschen sind natürlich in alle Himmelsrichtungen geflüchtet. Merkwürdig, daß wir nur fünf gefunden haben.«

»Die übrigen sind dort«, sagte Saul mit einem Blick auf den Trichter.

»Das ist keine Zivilisation, sondern eine Krankheit«, knurrte Wadim. »Ein bodenloser Leichtsinn! Wer macht denn solche Experimente in einer Stadt? Das ist doch der Gipfel der ...«

»Dort fahren Wagen«, unterbrach in Anton leise.

Von Norden her führte das schmale, von oben kaum wahrnehmbare Band einer Straße an den Trichter heran. Darauf krochen in dichter Folge dunkle Punkte dahin. Aha! dachte Wadim. Noch ist also nicht alles verloren. Er wendete den Gleiter und überquerte den Trichter, und nun erblickten sie eine glatte Chaussee, die genau in den Rauch hineinführte, und auf der Chaussee eine endlose Kolonne von Fahrzeugen. Sie nahmen die ganze Länge und Breite der Chaussee ein und kamen in dichter Formation von Norden her, ausschließlich von Norden: flache grüne Fahrzeuge, die aussahen wie Atom-Pkws, nur daß sie keine Windschutzscheiben hatten; kleine weiß-blaue Wagen, die eine lange Kette leerer offener Anhänger zogen; orangefarbene Wagen, die aussahen wie Feldsynthetisatoren; mächtige schwarze Türme auf Raupen und kleine Wagen mit weit ausladenden Tragflügeln. Sie alle rollten unaufhaltsam, Reihe um Reihe, die Chaussee entlang, hielten auffallend exakt die Abstände und Zwischenräume ein und verschwanden schließlich Reihe um Reihe in dem blaugrauen Rauch des Trichters.

»Das sind alles bloß Automaten«, sagte Wadim.

»Ja«, bestätigte Anton.

»Also schickt sie jemand, wahrscheinlich zu Wiederaufbauarbeiten, und wir finden die Menschen am anderen Ende der Chaussee.« Wadim stockte. »Hören Sie, Saul«, sagte er, »gab es solche Fahrzeuge im Zeitalter der Jutesäcke?«

Saul antwortete nicht. Wie gebannt starrte er nach unten; auf seinem Gesicht lag ehrfürchtige Bewunderung, und seine buschigen

Brauen sträubten sich. Edlich sah er Wadim an.

»Haben die eine Technik!« sagte er. »Ein homerischer Zug! Was für grandiose Maßstäbe! Das nimmt ja kein Ende!«

Verwundert blickte Wadim nach unten.

»Was meinen Sie?« fagte er. »Ach so! Die Maßstäbe? Nun ja, die sind unerhört. Für den Wiederaufbau der Stadt würden ein Dutzend Kyber reichen.«

Als er Saul erneut ansah, blinzelte der heftig.

»Mir gefällt das«, sagte er. »Ich finde das schön! Sehen Sie nicht, wie schön das ist?«

»Wadim«, sagte Anton, »flieg die Chaussee entlang. Wenn wir uns schon Klarheit verschaffen wollen, dann gründlich.«

Wadim setzte den Gleiter in Bewegung. Der Strom der Fahrzeuge unten verschmolz zu einer bunten Schlange.

»Jetzt sieht es schön aus«, sagte Wadim. »Aber Sie haben meine Frage noch nicht beantwortet, Saul. Lassen sich die Jutesäcke mit dieser Technik vereinbaren?«

»Warum denn nicht! Die Menschen sind aus den zerstörten Städten geflohen, so wie sie waren, ohne Gepäck. Diese Jutesäcke scheinen es Ihnen ja angetan zu haben! Es hat sie etliche Jahrhunderte lang gegeben. Ein billiger und nützlicher Gegenstand, um alles mögliche drin zu transportieren.«

Wadim starrte nach vorn, wo weder das Ende der Chaussee noch das der Wagenkolonne zu erkennen war. Zu beiden Seiten der Chaussee erstreckte sich bis zum Horizont unberührte verschneite Ebene. Wadim beschleunigte die Geschwindigkeit. Das ist ein Betrieb ohne jeden Sinn, dachte er. Da verschwinden sie im Rauch wie in einem Abgrund. Er schätzte, wic groß der Trichter wohl sein mochte und wieviel Wagen im Laufe der Zeit hineinfielen, und gelangte zu grotesken Ergebnissen. Ich bin schließlich kein Ingenieur, dachte er. Ein ganz gewöhnlicher Humanoide von der Tagora – die sind dort ja alle Ingenieure – würde zu dem Schluß gelangen, die Chaussee sei ein ziemlich großes Förderband, das die Einzelteile einer mittelgroßen Maschine transportierte, die dann unter der Erde zusammengesetzt werde. Ein simpler bukolischer Leonide aber wäre überzeugt, das sei eine Viehherde, die von der Weide in einen Schlachthof getrieben wird.

»Anton«, rief Wadim. »Kannst du dir Leoniden in unserer Situation vorstellen?«

»Ein dummer Leonide würde sich einbilden, alles sei klar«, erwiderte Anton. »Ein kluger aber würde sagen, die Informationen reichten nicht aus.«

Ja, die Informationen reichten nicht aus. Alle Wagen fuhren nach Süden, kein einziger aber kehrte zurück. Wenn sie tatsächlich zum Wiederaufbau der Stadt eingesetzt waren, so bauten sie sie aus sich selber auf. Aber wieso denn eigentlich nicht?

»Ich muß sagen, mir ist das Ganze unheimlich«, gestand Saul. »Wie weit sind wir nun schon geflogen? Vierzig Kilometer? Sie aber fahren und fahren immer noch.«

»Es wäre besser, sie setzten diese Technik ein, um die Geflohenen zu suchen«, meinte Wadim.

»Da tun Sie ihnen Unrecht«, widersprach Saul. »Bei solch einem Chaos können sie sich nicht um einzelne Menschen kümmern.«

»Wieso nicht? Für wen bauen sie denn die Stadt wieder auf? Jene junge Burschen brauchen die Stadt nicht mehr.«

Saul machte eine wegwerfende Handbewegung.

»Bei der Explosion sind vermutlich an die zehntausend solcher jungen Burschen ums Leben gekommen. Das ist natürlich bedauerlich, aber jetzt unwichtig.«

Wadim war empört. Der Gleiter kam für einen Moment vom Kurs ab.

»Entschuldigen Sie, Saul, aber Ihr behagliches Arbeitszimmer und die Beschäftigung mit der Geschichte haben sich merkwürdig auf Sie ausgewirkt. Sie argumentieren wie – ich weiß nicht wer. Fehlt nur noch, daß Sie behaupten, der Zweck heilige die Mittel.«

»Warum soll er sie nicht heiligen?« erwiderte Saul ungerührt.

Wadim unterdrückte seinen Unmut. Ein Schreibstubenrelikt! dachte er bei sich. Aber laß ihn mal ohne Hosen im Schnee umherirren, dann wird er zutiefst empört sein, wenn ihm nicht die gesamte Technik des Planeten zu Hilfe eilt. Im selben Moment entdeckte Wadim einen Seitenweg und bremste scharf.

Der Weg führte von der Chaussee fort nach Osten und schlängelte sich zwischen Hügeln hindurch.

»Das ist die erste Abzweigung«, stellte Wadim fest. »Wollen wir hier abbiegen?«

»Das lohnt nicht«, entgegnete Saul. »Was kann es da schon Interessantes geben!«

Anton schwankte. Warum ist er bloß die ganze Zeit so apathisch? dachte Wadim gereizt.

»Also, was ist?« fragte Wadim. »Ich bin dafür, daß wir weiter die Chaussee entlangfliegen.«

»Ich auch«, sagte Saul. »Hierher zurückkehren können wir immer noch. Nicht wahr, Wadim?«

»Na schön, flieg weiter geradeaus«, erwiderte Anton unentschlossen. »Flieg geradeaus. Obwohl . . . Schon gut, flieg geradeaus.«

Wadim folgte weiter der Chaussee.

»Was ist denn heute mit dir los, Anton?« erkundigte er sich. »Du bist ja unentschlossen wie der Recke am Scheideweg: Fliegst du nach rechts, verlierst du den Gleiter, fliegst du nach links, verlierst du den Kopf.«

»Guck nach vorn«, entgegnete Anton ruhig.

Wadim zuckte mit den Achseln und starrte demonstrativ nach vorn. Nach fünf Minuten gewahrte er vorn einen grauen Fleck.

»Wieder eine Grube mit Rauch«, sagte er.

Es war genau so ein Trichter wie der erste – mit schneebedeckten Rändern und träge wallendem grauem Rauch, aus dem in ununterbrochenem Strom Fahrzeuge hervorkrochen.

»Etwas Ähnliches habe ich erwartet«, sagte Anton.

»Aber hier sind doch gar keine Menschen«, äußerte Wadim verdutzt. »Also erfahren wir wieder nichts.«

Er warf einen Blick auf den Kompaß und beugte sich dann über die Okulare. An den Rändern dieses Trichters waren keine Ruinen zu sehen.

»Einfach frappierend«, sagte Saul. »Sie kommen aus dem Rauch und verschwinden wieder im Rauch.«

»Kehren wir um«, schlug Wadim ungeduldig vor. Er fixierte Anton, dessen Gesicht wieder Unentschlossenheit ausdrückte.

»Entschuldigen Sie«, sagte Saul, »aber an solch einem erstaunlichen Phänomen achtlos vorübergehen?«

»Was ist das schon für ein Phänomen!« rief Wadim. »Warum sind Sie immer gleich so begeistert? Da befördert irgendein Dilettant Fahrzeuge durch den Subraum. Einen schönen Platz hat er sich für den Null-Transport ausgesucht! Hat eine ganze Stadt in Schutt und Asche gelegt, dieser Nichtskönner! Na, was grübelst du die ganze Zeit, Anton?«

»Es ist ein bißchen laut bei uns geworden«, erwiderte Anton, beiseite blickend.

»Nun ja, aber was ist los? Interessieren dich vielleicht die hiesigen Produktionsprozesse?«

»Das nicht«, erwiderte Anton unlustig. »Was gehen die mich schon an!«

Wadim drehte sich auf seinem Sessel herum, stemmte die Arme auf die Knie und musterte der Reihe nach Anton und Saul. Anton sah aus, als sei er am Einschlafen. Er hatte sogar die Hände auf dem Bauch gefaltet. Saul blickte Wadim mit staunender Bewunderung an.

»Was ist los?« fragte Wadim. »Was habt ihr beide ausklamüsert?«

Saul zuckte zusammen. »Ja, natürlich!« rief er. »Daß ich nicht gleich draufgekommen bin! Die Sache ist ganz klar: Es sind zwei Löcher im Abstand von achtzig Kilometern. Aus dem einen kommen die Fahrzeuge heraus, befahren die glatte Chaussee und verschwinden dann ohne jeden ersichtlichen Nutzen in dem andern Loch. Von dort kehren sie auf unterirdischem Wege zum ersten Loch zurück . . .«

Wadim seufzte schwer. »Sie kehren nicht zum ersten Loch zurück«, widersprach er. »Es handelt sich hier um Null-Transport, verstehen Sie? Um elementaren Null-Transport. Jemand benutzt diesen Ort, um die Technik auf kürzestem Wege über große Entfernungen zu befördern. Vielleicht über Tausende von Kilometern. Vielleicht aber auch über Tausende von Parsek.«

»Das leuchtet mir ein!« rief Saul. »Was sollte daran nicht zu verstehen sein? Typischer Null-Transport.«

»Na also«, sagte Wadim. »Und der interessiert uns nicht im geringsten. Nach Menschen müssen wir suchen!«

»Gut«, sagte Anton. »Suchen wir nach Menschen. Kehr zu dem Seitenweg zurück.«

Wadim wendete den Gleiter und flog längs der Chaussee zurück.

»Fühlst du dich nicht wohl, Anton?« erkundigte er sich nach einer Weile.

»Ich fühle mich miserabel«, erwiderte Anton. »Vergiß das später nicht zu bestätigen, wenn man dich danach fragt.«

»Wer sollte mich danach fragen?«

»Es wird welche geben, die sich dafür interessieren.«

Wadim fragte nicht weiter – es hatte doch keinen Sinn. Er blickte auf die Fahrzeuge hinunter und danach auf den Geschwindigkeitsmesser.

»Primitive Automaten«, murmelte er. »Konstante Geschwindigkeit, konstante Zwischenräume. Das lohnt doch nicht, ihretwegen den Raum zu verkürzen!« Der Seitenweg tauchte wieder auf. »Wie soll ich weiterfliegen?« fragte Wadim. »Über dem Weg oder querfeldein?«

»Über dem Weg«, erwiderte Anton. »Und geh etwas tiefer.«

Wadim ging fast bis auf die Erde hinunter und folgte dann dem Weg. Über die Unebenheiten springend, huschte der rundliche Schatten des Gleiters über den Schnee.

»Da, schon wieder die Vögel«, sagte Saul grimmig.

Ein Stück voraus, unmittelbar am Weg, standen etliche der langbeinigen Ungetüme; mit ihren krallenbewehrten Fängen harkten sie die Schneewehen auseinander und wühlten im lockeren Schnee. Als der Gleiter auf sie zukam, hockten sie sich blitzschnell nieder, reckten die Hälse in die Höhe und rissen die schwarzen Schnäbel auf, von denen noch irgendwelche Fetzten herabhingen.

»Ekelhafte Kreaturen!« sagte Saul angewidert. Er drehte sich um und schaute zurück. »Wonach scharren sie denn da?«

Wadim ahnte, wonach sie scharrten, wollte aber seine gräßlichen Befürchtungen für sich behalten.

»Sie haben noch keine Tachorge gesehen, Saul«, sagte er mit erzwungener Heiterkeit. »Dagegen sind das hier gelbschnäblige Küken. Wir werden einen davon schießen müssen, was, Anton?«

»Meinetwegen«, erwiderte Anton.

Saul setzte sich wieder gerade hin.

»Mir gefällt ihr Geschnarre nicht«, sagte er finster.

Niemand antwortete ihm. So flogen sie zehn Minuten schweigend weiter. Der Schnee auf dem Weg war schmutzigbraun und zeigte Spuren von Raupenketten und Rädern. Rechts und links zogen sich die Abdrücke menschlicher Füße durch den Schnee. Die runden Hügel zu beiden Seiten waren leer. Hier und da ragten aus den Schneewehen kümmerliche Sträucher und knorrige schwarze Wurzeln, die wie zusammengekrallte Hände aussahen.

»Noch einer«, sagte Saul.

Auf einer Hügelkuppe stand ein Vogel. Als er den Gleiter bemerkte, stürmte er, so schnell er konnte, auf ihn zu. Die Beine hochwerfend, die kleinen Flügel gespreizt, den sehnigen Hals weit vorgestreckt und den Schnabel dicht über dem Boden, preschte der Vogel heran. Das funkelnde kleine Auge war auf den Gleiter gerichtet.

»Er schafft's nicht!« sagte Wadim bedauernd.

Doch der Vogel schaffte es. »Hoppla!« rief Wadim vergnügt. Der Gleiter erzitterte. In der Luft tauchte ein gespreizter Krallenfuß auf. Anton und Saul drehten sich rasch nach dem Vogel um.

»Er kullert noch! Ein gräßliches Vieh!« rief Saul angeekelt.

Wadim schaltete den hinteren Bildschirm ein. Der zerzauste Vogel hatte sich wieder hochgerappelt und rannte, leicht hinkend, hinter dem Gleiter her. Doch bald blieb er zurück und verschwand hinter einer Wegbiegung.

»Wenn wir auf Menschen stoßen, rate ich ihnen, diese Scheusale auszurotten«, sagte Wadim. »Und wenn sie selber nicht damit fertig werden . . . Was meinst du, Anton?«

»Wir werden sehen«, erwiderte Anton.

4

Die Hügel wurden niedriger, und plötzlich tauchte vorn ein hoher Schneewall auf. Anton gewahrte winzige schwarze Gestalten, die auf dem Bergkamm herumkrabbelten. Jetzt geht's los! dachte er und befahl: »Halt an.«

»Warum?« entgegnete Wadim. »Siehst du nicht – da sind doch Menschen!«

»Halt an, sag ich!«

»Na schön«, murrte Wadim, gehorchte jedoch.

Gleich dreht er sich um und sieht mich mißbilligend an, dachte Anton. Man hat's schon schwer!

Anton hatte es wahrhaftig schwer. Die Aussicht, auf eine unbekannte Zivilisation zu stoßen, war außerordentlich gering, aber real, und jeder Raumfahrer kannte die Instruktion der Kommission für Kontakte, die es verbot, auf eigene Faust mit unbekannten Zivilisationen Kontakt aufzunehmen. Wir hätten den Planeten sofort verlassen müssen, als wir die Leichen entdeckten, dachte Anton. Doch hätte das niemand getan. Dennoch existiert die Instruktion. Und sie ist eigens für solchen Fall geschaffen – wenn jemand in der Mannschaft ist, der vor Tatendurst brennt, und ein anderer, bei dem man überhaupt nicht weiß, was er will. Dabei ist man selber hin und her gerissen. Es dürfte doch klar sein, daß hier in der Nähe Tausende von Menschen in Not geraten sind. Und jetzt die Menschen hier, die ohne Sinn und Verstand auf dem Berg herumkraxeln. Und Wadim sieht mich mißbilligend an. Und Saul platzt vor Neugier. Ein Historiker mit einem Scorcher. Den Scorcher darf ich nicht vergessen. Und die Instruktion, die ganz klar und einfach lautet: »Keinerlei Kontakte mit den Ureinwohnern auf eigene Faust.« Ganz einfach: Man steigt aus, schaut sich um, entdeckt

Anzeichen einer lebendigen Zivilisation und »hat unverzüglich den Planeten zu verlassen, nachdem man sorgfältig alle Spuren seines Aufenthalts getilgt hat«. Ich aber habe dort die riesige, vom Gleiter herrührende Grube zurückgelassen und daneben – fünf Leichen. . .

»Na, was ist?« fragte Wadim. »Ein Anfall von Melancholie?«

Strukturelle Linguisten und Historiker ahnen natürlich nichts von der Instruktion. Klärte man sie darüber auf, dann würden sie das bestimmt als persönliche Beleidigung auffassen und protestieren: Wir sind keine kleinen Kinder. Wir wissen selber, was gut und was schlecht ist.

Da merkte Anton, daß der Gleiter langsam auf den Schneewall zutrieb. Und er faßte einen Entschluß.

»Flieg auf den Bergrücken«, sagte er zu Wadim, »und lande in einiger Entfernung von den Menschen. Und noch etwas, Freunde. Ich bitte euch: Veranstaltet dort keine Verbrüderung der Zivilisationen.«

»Wir sind doch keine kleinen Kinder«, entgegnete Wadim würdevoll und beschleunigte die Geschwindigkeit.

Mit einem Ruck flog der Gleiter auf den schneebedeckten Bergkamm. Wadim öffnete das Kabinendach, lehnte sich hinaus und stieß einen verwunderten Pfiff aus. Unten auf der anderen Seite des Bergrückens tat sich eine gigantische Grube auf, in der es von Menschen und Maschinen wimmelte.

Anton blickte nicht hinunter. Er starrte erschrocken einen tiefgebeugten, blaugefrorenen Mann an, der, in zerschlissenem Jutesack, mühsam einen Fuß vor den anderen setzend, auf den Gleiter zukam. Sein Gesicht bedeckte blutiger Schorf, die nackten Arme und Beine waren zerschrammt, und das verklebte, schmutzstarrende Haar stand wirr nach allen Seiten. Der Mann streifte den Gleiter mit einem gleichgültigen Blick, machte einen Bogen um ihn und stapfte dann weiter den Kamm entlang. Jedesmal, wenn er stolperte, stöhnte er kläglich. Da ist ja kein Mensch mehr, sondern nur noch der Schatten eines Menschen, dachte Anton.

»Allmächtiger!« rief Saul heiser. »Was ist denn da los?«

Nun blickte auch Anton hinunter. Auf dem Grund der Grube, auf dem zerstampften, schmutzigen Schnee inmitten Dutzender Fahrzeuge, wimmelte es von barfüßigen Menschen in langen grauen Hemden. Sie saßen, lagen oder liefen umher. Ringsum, an der Grenze zum unberührten Schnee standen die Menschen in ungleichmäßigen, lückenhaften Reihen. Es waren viele – Hunderte, vielleicht sogar Tausende. Mit hängendem Kopf standen sie da und starrten vor sich hin. Manche lagen am Boden, doch niemand kümmerte sich um sie.

Von den Fahrzeugen in der Grube wühlten sich etliche in die Erde hinein, andere lagen unter Schnee begraben, doch Anton erkannte auf den ersten Blick, daß es sich um die gleichen handelte, die auf der Chaussee fuhren. Manche der Fahrzeuge zuckten wie in Krämpfen, wobei sie völlig regellos und ohne jeden sichtbaren Nutzen Schmutz- und Schneeklumpen hochwirbelten.

Plötzlich fiel Anton auf, daß es in der Grube unverhältnismäßig still war. Obwohl sich dort Tausende von Menschen befanden, vernahm man nur das gedämpfte Brummen der Fahrzeuge und hin und wieder durchdringende Klageschreie.

Und Husten. Von Zeit zu Zeit begann irgendwo jemand heiser und quälend zu husten, so daß es einen selber im Hals kitzelte. Dieser Husten griff sofort auf Dutzende von Kehlen über, und wenige Augenblicke später war die Grube von einem trockenen Keuchen und Krächzen erfüllt. Eine Zeitlang kam die Bewegung der Menschen ins Stocken, dann ertönten Klageschreie und knallende Geräusche, die sich anhörten wie Schüsse, und der Husten verstummte wieder.

Anton war sechsundzwanzig Jahre alt, er arbeitete schon lange als Raumfahrer und hatte viel erlebt. Er hatte mit ansehen müssen, wie Menschen zu Krüppeln wurden, wie sie Freunde verloren, wie sie den Glauben an sich selbst aufgaben und starben, er hatte selber Freunde verloren und war selber, von gleichgültiger Stille umringt, schier gestorben, das hier jedoch war etwas ganz anderes. Hier herrschten bittere Not, Schwermut und vollkommene Ausweglosigkeit, hier spürte man dumpfe Verzweiflung, wo niemand mehr auf etwas hoffte, wo der Fallende wußte, daß ihn niemand aufheben würde, wo man nichts weiter vor sich hatte als den Tod im Angesicht einer teilnahmslosen Masse. Das kann doch nicht sein, dachte Anton. So viel Not auf einmal ist mir noch nicht begegnet.

»Denen können wir nie im Leben helfen«, murmelte Wadim. »Tausende von Menschen, die nicht das geringste besitzen.«

Anton besann sich. Zwei Dutzend Lastraumschiffe, dachte er, Kleidung, fünftausend komplette Garnituren, Lebensmittel, ein Dutzend Feldsynthetisatoren, ein Krankenhaus, etwa sechzig Häuser. Oder ist das zu wenig? Vielleicht sind das hier noch nicht alle? Vielleicht sieht es nicht nur hier so aus?

Da hätte ich mir ja was geleistet, wenn ich befohlen hätte, von der Chaussee aus direkt zum »Schiff« zurückzukehren! dachte er mit Genugtuung.

Schweigend standen sie da und konnten sich nicht entschließen, den Gleiter zu verlassen. Unfaßbar, womit sich die Menschen unten in der Grube beschäftigten. Sie machten sich an den Fahrzeugen zu schaffen; wahrscheinlich war das ihre letzte Hoffnung. Vielleicht wollten sie sie reparieren oder sich ihrer bedienen, um aus der Schneewüste herauszukommen.

Wadim setzte sich wieder hin und schaltete das Triebwerk ein.

»Halt!« rief Anton. »Wo willst du hin?«

»Zur Erde«, antwortete Wadim. »Allein werden wir damit nicht fertig.«

»Schalte das Triebwerk wieder ab. Jetzt brauchen wir Nerven.«

»Wozu? Mit unsern paar Broten kriegst du sie nicht satt.«

Anton hob den Sack mit den Medikamenten auf und warf ihn über Bord. Dann ergriff er den Sack mit den Lebensmitteln.

»Nehmen Sie«, sagte er zu Saul. »Wadim, mach deinen Translator bereit. Du wirst dolmetschen.«

»Wozu?« fragte Wadim. »Wir verlieren bloß Zeit, hier aber sterben wahrscheinlich jeden Augenblick welche.«

Anton warf den Sack mit den Lebensmitteln über Bord.

»So erfahren wir, wie viele es sind und was sie benötigen. Überhaupt alles. Womit willst du sonst zur Erde zurückkehren?«

Wortlos sprang Wadim in den Schnee und warf sich den Sack mit den Medikamenten über die Schulter.

Anton blickte Saul erwartungsvoll an. Der nahm die Pfeife aus dem Mund und sagte: »Das ist alles ganz richtig. Aber das Essen lassen Sie lieber hier.«

»Warum denn? Wir müssen den Schwächsten sofort helfen.«

»Machen Sie keinen Unsinn. Wenn die das Essen und die Kleidung sehen, zerstampfen sie Sie mitsamt den Säcken.«

»Das ist nicht für alle gedacht«, belehrte ihn Anton. »Wir werden ihnen erklären, daß das nur für die Schwächsten ist.«

Saul musterte ihn mitleidig. Dann fragte er: »Eine Menschenmenge – wissen Sie, was das ist?«

»Nehmen Sie den Sack«, sagte Anton ruhig. »Was eine Menschenmenge ist, können Sie mir später erklären.«

Seufzend lud sich Saul den Sack auf die Schulter und bückte sich nach dem Scorcher, der auf seinem Sitz lag.

»Nein, den lassen Sie lieber hier«, verlangte Anton.

»Nein, den nehm ich mit«, widersprach Saul und streifte sich schnaufend den Riemen des Scorchers über den Kopf.

»Ich flehe Sie an, Saul. Sie haben Angst und schießen womöglich.«

»Natürlich hab ich Angst. Angst um Sie.«

»Das ist mir klar, daß Sie nicht um Ihr Leben bangen«, entgegnete Anton geduldig.

Grinsend kletterte Saul über Bord.

»Saul Repnin!« rief Anton mit schneidender Stimme. »Geben Sie die Waffe her!«

Saul setzte sich auf die Bordwand.

»Sie können ja gar nicht schießen«, wandte er ein.

»Doch«, entgegnete Anton mit festem Blick.

Jedesmal ist es so, dachte er verdrossen. Jedesmal, wenn es brenzlig wird, findet sich jemand, dem die Nerven versagen, und man muß ihn zur Vernunft bringen, statt sich der eigentlichen Aufgabe zu widmen.

Saul gab Anton den Scorcher, der verstaute die Waffe im Brustausschnitt und sprang zu Wadim in den Schnee. Wadim stand mit geschultertem Sack, den Kopf vorgeneigt, schob den Mnemokristall an der Schläfe zurecht und beobachtete neugierig das Verhalten des Kapitäns.

»Dann nehm ich also den dritten Sack«, sagte Saul, als sei nichts gewesen.

»Ich bitte darum«, erwiderte Anton höflich.

Sie stiegen in die Grube hinunter.

»Falls es nötig sein sollte, schießen Sie in die Luft«, sagte Saul. »Dann laufen sie alle sofort auseinander.«

Anton gab keine Antwort. Er überlegte, wie er weiter verfahren sollte.

»Wadim«, sagte er. »Wirst du dich mit ihnen verständigen können?«

»Irgendwie wird's schon klappen. Jetzt kommt's auf dich an. Wärst du ein richtiger Arzt, würde ich mir keine Sorgen machen.«

Ja, dachte Anton, wenn ich ein richtiger Arzt wäre. Gewiß, sie sind Humanoide. Anatomisch unterscheiden sie sich wahrscheinlich nicht allzusehr von uns. Doch physiologisch . . . Er mußte daran denken, welch schreckliche Folgen die Anwendung einfachen Jods bei den Humanoiden auf der Tagora gehabt hatte.

»Es wäre gut, sich mit den Fahrzeugen auszukennen«, äußerte

Wadim besorgt. »Dann würden wir sie von hier fortschaffen. Vielleicht brauchen sie gar nichts weiter. Warum hilft ihnen bloß niemand? Ein idiotischer Planet! Es sollte mich nicht wundern, wenn hier alle Städte auf einmal in die Luft geflogen sind.«

Sie hatten bereits die Hälfte des Hanges hinter sich, als Saul bat: »Warten Sie einen Augenblick.«

Sie blieben stehen.

»Was ist?« erkundigte sich Anton. »Machen Sie schon schlapp?«

»Nein«, antwortete Saul. »Ich mache niemals schlapp.« Er starrte angestrengt nach unten. »Sehen Sie das Ungetüm von Fahrzeug da am Rand? Das da ganz vorne. Auf dem Kotflügel sitzt eine graue Gestalt.«

»Ja«, erwiderte Anton zögernd.

»Na und? Sie haben doch jüngere Augen.«

Anton starrte angestrengt hinunter.

»Da sitzt ein Mann . . .«, sagte er. »Merkwürdig!«

»Da sitzt ein Mann in Pelzkleidung«, erklärte Wadim. »Er ist bis an die Augen in Pelze gehüllt.«

»Jetzt versteh ich gar nichts mehr«, sagte Anton. »Vielleicht handelt es sich um einen Kranken?«

»Vielleicht«, versetzte Saul. »Dort sind noch zwei Kranke. Ich beobachte sie schon lange. Aber es ist einfach zu weit.«

Jenseits der Grube zeichneten sich gegen den fahlen Himmel deutlich zwei vermummte dunkle Gestalten ab. Breitbeinig und völlig regungslos standen sie da, lange, dünne Stangen in der abgespreizten Hand haltend.

»Was haben die denn da?« fragte Wadim. »Antennen?«

»Antennen?« wiederholte Saul fragend und strengte seine Augen an. »Ich glaube, ich weiß, was das für Antennen sind.«

Ein gellender Schrei erfüllte die Grube. Anton zuckte zusammen. Ohrenbetäubend heulte ein Motor auf, vielstimmiges Wehgeschrei ertönte, und sie sahen, wie sich ein klobiges Fahrzeug, das einem Tiefseetank glich, knirschend auf der Stelle drehte und dann plötzlich mit wachsender Geschwindigkeit, andere Fahrzeug umstoßend, auf die Menschenreihe zurollte. Aus seinem Innern krochen Menschen, die kopfüber in den zerstampften Schnee purzelten. Die Reihe rührte sich nicht. Anton hielt sich den Mund zu, um nicht laut loszuschreien. Durch den Lärm und das Getöse hindurch ertönte eine hohe Jammerstimme, und gleich darauf ballte sich die Reihe zu einer dichten Masse, die sich auf den Tank zubewegte. Anton schloß entsetzt die Augen. Durch das Motorgeheul hindurch glaubte er ein widerliches dumpfes Knirschen zu vernehmen.

»Allmächtiger!« murmelte Saul neben ihm.

Anton zwang sich, die Augen wieder aufzumachen. Wo eben noch der Tank gewesen war, türmte sich ein riesiger wimmelnder Haufen, der langsam weiterkroch. Dahinter zerfloß ein breiter leuchtendroter Streifen im Schnee. Rings um diesen Haufen von Leibern herrschte Leere; nur vier Männer in Pelzen schritten langsam hinter dem am Tank klebenden Menschenknäuel her.

Mechanisch blickte Anton zu den Mänern mit den Stangen hinüber.

Sie standen noch immer völlig regungslos da; nur der eine von beiden nahm plötzlich mit einer langsamen Bewegung die Stange in die andere Hand und erstarrte dann wieder. Sie schienen gar nicht nach unten zu blicken.

Das Geheul des Motors verstummte. Der Tank war auf die Seite gekippt, die Menschen kletterten langsam vom Fahrzeug und traten beiseite. Da warf Wadim wortlos seinen Sack hinunter und stürmte mit Riesensätzen hinterher. Anton rannte ihm nach. Er hörte, wie Saul, der ihm auf dem Fuße folgte, keuchend schrie: »Ach, diese Halunken! Diese Schweinehunde!«

Als Anton beim Tank ankam, hatten sich die Männer in den Sackhemden schon wieder in Reih und Glied aufgestellt, während die Männer in den Pelzen zwischen ihnen herumgingen und mit stöhnender, jammernder Stimme schrien. Den mit Schmutz und Blut beschmierten Sack hinter sich her schleifend, kroch Wadim auf allen vieren zwischen den Leibern umher, die unter dem Tank verstreut lagen. Er war verzweifelt. »Hier liegen nur Tote! Hier sind alle schon gestorben!« rief er Anton mit bleichem Gesicht zu.

Anton schaute sich um. Die atemlosen, von Schweiß und tauendem Schnee nassen Menschen in den zerschlissenen grauen Leinwandhemden blickten ihn mit glanzlosen, starren Augen an. Auch die Männer in den Pelzen, die sich in einiger Entfernung zu einem Häuflein zusammendrängten, starrten ihn an. Für einen Augenblick hatte er das Gefühl, ein altes naturalistisches Gemälde vor sich zu haben, so regungslos standen alle da und starrten ihn aus Hunderten Augenpaaren an.

Er riß sich zusammen. Diejenigen, die Wadim suchte, standen wieder in Reih und Glied: ein langer, knochiger Alter mit zerschundenem, feucht-rotem Gesicht, ein junger Mensch, der seinen unnatürlich verdrehten Arm an die Brust preßte, ein völlig Nackter mit grauem Gesicht, der die gespreizten Finger mit den goldenen Nägeln in den Bauch gekrallt hatte, ein Mann, der die Augen geschlossen hielt und das eine Bein, aus dem stoßweise schwarzes Blut hervorschoß, an sich drückte ... Alle, die noch lebten, standen in Reih und Glied.

»Ruhig«, sagte Anton laut. Er bückte sich, öffnete den Sack mit den Medikamenten und holte die Büchse mit Kolloid hervor. Schon unterwegs den Deckel abschraubend, ging er auf den Mann mit dem zerquetschten Bein zu. Wadim folgte ihm mit einem Armvoll Tamponpflaster.

Eine scheußliche Wunde. Die Muskeln zerfetzt, das Blut schon geronnen. Warum setzt er sich nicht hin? Warum stützt ihn niemand? Kolloid. Jetzt ein Pflaster. »Glatter anlegen, Wadim. Quetsch das Kolloid nicht wieder raus.« Warum ist es so still? – Das hier ist schon schlimmer: der Bauch ist aufgerissen. Der ist ja schon tot. Wieso steht er da noch? – Die Hand verrenkt. Eine Lappalie. »Fester halten, Wadim! Fester!« Warum schreit er nicht? Warum schreit keiner? Dort ist schon jemand umgefallen. So hebt ihn doch auf, ihr da, ihr Gesunden!

Jemand tippte Anton auf die Schulter, und er drehte sich jäh um. Vor ihm stand ein Mann im Pelz. Er hatte ein schmuddliges, gerötetes Gesicht, schräg nach unten stehende Augen, und an der Spitze seiner kurzen Nase hing ein trüber Tropfen. Die Hände, die in Pelzhandschuhen steckten, hatte er vor der Brust übereinandergelegt.

»Guten Tag, guten Tag!« sagte Anton. »Später. Wadim, verständige dich mit ihm.«

Der Mann im Pelz schüttelte den Kopf und begann hastig zu sprechen. Gleich darauf legte auch Wadim los, fast im gleichen Tonfall. Da verstummte der Mann im Pelz, sah erst Wadim verwundert an, dann Anton und wich langsam zurück. Mit einer ärgerlichen Bewegung schob Anton den schweren Scorcher im Brustausschnitt zurecht und wandte sich erneut dem Verwundeten zu. Der stand da und bedeckte das Gesicht mit den Händen. Auch die anderen rechts und links von Anton hielten sich die Hände vors Gesicht, ausgenommen der Tote mit dem grauen Gesicht, der nach wie vor die Finger in den Bauch krallte.

»Aber nicht doch«, sagte Anton sanft. »Nehmt doch die Hände runter. Habt keine Angst. Alles wird noch gut ...«

Doch im selben Moment schrie die hohe Jammerstimme etwas, und die Menschen in den Sackhemden machten eine Rechtswendung. Die Männer in den Pelzen trabten langsam die Reihe entlang. Wieder schrie die Jammerstimme etwas, und die Kolonne setzte sich in Bewegung.

»Halt!« rief Anton. »Seid doch vernünftig!«

Niemand drehte sich nach ihm um. Die Kolonne marschierte weiter, und jeder hielt sich, während er an Anton vorbeikam, die Hände vors Gesicht. Nur der Mann mit dem aufgerissenen Bauch blieb stehen, bis ihn jemand anstieß und er weich in den Schnee plumpste. Die Kolonne entfernte sich.

Fassungslos fuhr sich Anton mit der nassen Hand über die Augen und schaute um sich. Er sah den umgekippten riesigen Tank, Saul, der neben ihm stand, Wadim, der der Kolonne befremdet nachblickte, und mehrere Dutzend Leichen auf dem zerstampften Schnee. Es war jetzt ganz still, man hörte nur noch ab und zu entfernte Jammerschreie.

»Warum das?« fragte Wadim. »Wovor haben sie Angst gekriegt?«

»Vor uns«, erwiderte Anton. »Vor unserer Medizin.«

»Ich laufe ihnen nach und versuche alles zu erklären.«

»Auf keinen Fall. Das muß mit Fingerspitzengefühl gemacht werden. Wie ist Ihre Meinung, Saul?«

Der zündete gerade, den Rücken zum Wind gekehrt, seine Pfeife an.

»Meine Meinung . . .«, antwortete er. »Mir behagt das alles ganz und gar nicht.«

»Ja«, stimmte Wadim zu. »Das sieht nach einer Katastrophe aus.«

»Muß es unbedingt eine Katastrophe sein?« entgegnete Saul. »Was glauben Sie denn, wer die Halunken in den Pelzen sind?«

»Halunken sagen Sie?«

»Was sind sie sonst Ihrer Meinung nach?«

Wadim schwieg.

»Robuste, wohlgenährte junge Burschen in Pelzen«, sagte Saul mit einem merkwürdigen Unterton. »Sie befehlen den anderen, sich vor den Tank zu werfen. Sie arbeiten nicht, sehen nur zu, wie die anderen arbeiten. Wie Denkmäler stehen sie auf dem Berg, die Piken stoßbereit. Was, glauben Sie, sind das für Burschen?«

Wadim schwieg noch immer.

»Denken Sie darüber nach«, sagte Saul. »Es lohnt sich.«

»Es dämmert schon«, sagte Anton mit einem Blick zum Himmel. »Sehen wir uns den Wagen doch genauer an, wenn wir schon hier sind. Früher oder später müssen wir uns doch damit befassen.«

»Also los«, stimmte Saul zu.

Anton verschloß sorgfältig den Sack mit den Medikamenten, und sie begaben sich zum Tank. Nur Wadim rührte sich nicht vom Fleck. Er starrte finster zum Hang, den eine Kette schwarzer Pünktchen emporkroch – das Ende der sich entfernenden Kolonne.

Die ovale Panzerung des Tanks war geöffnet. Die Karosserie des Fahrzeugs war durch eine hautartige Wand abgeteilt. Anton knipste die Taschenlampe an, und sie untersuchten die gerippten Seitenwände der Kabine, die mattglänzenden Kupplungen, irgendwelche gekrümmten Spiegel an den Antriebswellen, die Bambusstangen glichen, und den schalenförmigen Boden der Kabine, der unzählige kleine Öffnungen enthielt, wie eine riesige Schaumkelle.

»Ja-a«, sagte Saul gedehnt. »Ein interessantes Fahrzeug! Doch wo ist die Steuerung?«

»Vielleicht ist es ein Automat«, meinte Anton gedankenverloren. »Das heißt, nein ... Zuviel ungenutzter Raum.«

Er kroch ins Antriebsaggregat. Es war ein ziemlich primitiver quasivitaler Mechanismus mit Hochfrequenzstrombetrieb.

»Ein imposantes Fahrzeug!« sagte Saul anerkennend. »Aber wie wird es gesteuert?«

Sie kehrten wieder in die Kabine zurück.

»Lauter kleine Löcher«, murmelte Saul. »Wo ist hier bloß das Steuer?«

Anton versuchte, seinen Zeigefinger in eine der Öffnungen zu stecken, doch er paßte nicht hinein. Da probierte er es mit dem kleinen Finger und verspürte einen kurzen, schmerzhaften Stich. Im selben Moment sprang der Antriebsmechanismus brummend an.

»Jetzt ist alles klar«, sagte Anton, seinen kleinen Finger betrachtend.

»Was ist klar?«

»Wir sind nicht imstande, dieses Fahrzeug zu steuern. Und die anderen können es auch nicht.«

»Wer soll es dann können?«

»Ich will nichts mit Sicherheit behaupten, aber mir scheint, das stammt von den ›Wanderern‹. Sehen Sie? Dieses Fahrzeug ist nicht für Humanoide bestimmt.«

»Was sagen Sie da?« murmelte Saul.

Eine Zeitlang standen sie stumm vor der Kabine und versuchten sich das Wesen vorzustellen, das in dieser »Schaumkelle« ebenso bequem saß wie sie in den Pilotensitzen vor den Steuerpulten und Bildschirmen.

»Ich habe mir schon so etwas gedacht«, erklärte Saul. »Das ist ja auch zu paradox: Jutesäcke und Null-Transport.«

»Wadim!« rief Anton.

»Was ist?« tönte es mürrisch von oben. Wadim stand auf dem Tank.

»Hast du gehört?«

»Ja. Um so schlimmer für sie.« Wadim ließ sich in den Schnee fallen. »Wir müssen umkehren«, sagte er. »Es wird schon dunkel.«

Sie schwangen sich die Säcke wieder auf die Schulter und kletterten den Berg hinauf.

So ein Irrsinn! dachte Anton. Fahrzeuge, die von Nichthumanoiden zurückgelassen wurden. Und Humanoide, die ihre menschliche Wesensart verloren haben, versuchen verzweifelt zu ergründen, wie diese Fahrzeuge zu bedienen sind. Das ist es doch, was sie wollen. Wahrscheinlich könnte das allein sie retten. Aber sie schaffen es nicht. Und dann sind da noch die merkwürdigen Leute in den Pelzen.

»Saul«, sagte er, »was sind – Piken?«

»Lanzen«, antwortete Saul ächzend.

»Lanzen . . .«

»Eine hölzerne Stange«, erklärte Saul gereizt. »Auf dem einen Ende steckt eine eiserne Spitze, die oft schartig ist. Man benutzt sie, um seinen Nächsten damit zu durchbohren.« Saul schwieg eine Weile schwer atmend. »Soll ich Ihnen auch noch erklären, was ein Schwert ist?«

»Das wissen wir«, entgegnete Wadim, weiter bergauf kletternd.

»Jeder dieser Banditen im Pelz hatte nämlich auch noch ein Schwert auf dem Rücken hängen«, sagte Saul. »Hört mal, junge Leute, laßt uns ein wenig verschnaufen.«

Sie setzten sich auf die Säcke.

»Sie rauchen zu viel«, tadelte Anton. »Das ist schädlich.«

»Ja, rauchen schadet der Gesundheit«, bestätigte Saul.

Mittlerweile war es dunkel geworden. Die Grube versank im Schatten der Nacht. Am Himmel, an dem keine Wolke mehr zu sehen war, zeigten sich die ersten Sterne. Linker Hand verblaßte allmählich das grünliche Leuchten des Sonnenuntergangs. Antons

Ohren kribbelten vor Kälte, und er dachte schaudernd an die Unglücklichen, die jetzt barfuß durch den knirschenden Schnee stapften. Wohin mögen sie sich schleppen? Vielleicht gibt es in der Nähe einen Zufluchtsort? Gestern saßen Wadim und ich noch auf der Vortreppe. Es war warm, dem Garten entströmten wunderbare Düfte, die Grillen zirpten, und Onkel Sascha lud uns in einen Bungalow ein, von seinem selbstgemachten Obstwein zu kosten. – Was hat Saul bloß gegen die Leute im Pelz?

»Gehen wir weiter«, sagte Saul und erhob sich seufzend.

Sie kletterten in den Gleiter, schlossen das Kabinendach, und Wadim schaltete die Heizung auf volle Leistung. Anton knöpfte seine Kutte auf, holte den warmen Scorcher hervor und warf ihn auf den Sitz neben Saul. Der blies ärgerlich in seine hohlen Hände. An seinen buschigen Brauen taute der Reif.

»Nun, Wadim«, sagte er, »zu welchem Schluß sind Sie gekommen?«

Wadim nahm den Pilotensitz ein.

»Darüber denken wir später nach«, erklärte er. »Jetzt heißt es handeln. Die Menschen brauchen Hilfe ...«

»Woraus schließen Sie das eigentlich?«

»Das soll wohl ein Scherz sein?« versetzte Wadim.

»Mir ist nicht nach Scherzen zumute«, entgegnete Saul. »Ich wundere mich, daß Sie einfach nicht begreifen wollen, was hier vor sich geht. Warum beharren Sie so hartnäckig auf Ihrem: ›Sie brauchen Hilfe. Sie brauchen Hilfe.‹?«

»Brauchen sie etwa keine?«

Saul sprang auf, stieß mit dem Kopf gegen das Kabinendach und setzte sich wieder. Er schwieg eine Weile.

»Ich möchte Ihre Aufmerksamkeit erneut auf den äußerst wichtigen Umstand lenken, daß dort, in der Grube, durchaus nicht alle Kleidung und dergleichen mehr benötigen«, sagte er schließlich. »Daß wir dort, in der Grube, kräftige und wohlgenährte Bewaffnete gesehen haben. Diese Leute sehen die Lage keineswegs als so hoffnungslos an wie Sie. Sie wollen den Leidenden helfen. Das ist sehr löblich. Liebe sozusagen deinen Fernsten! Aber haben Sie nicht das Gefühl, daß Sie dadurch in Konflikt mit einer gewissen eingebürgerten Ordnung geraten?« Er verstummte und sah Anton eindringlich an.

»Nein, das Gefühl habe ich nicht«, entgegnete Wadim. »Ich will von den anderen nicht schlechter denken als von mir selbst, denn ich habe nicht den geringsten Grund, mich für besser zu halten als sie. Gewiß, dort in der Grube gibt es Ungleichheit, und die im Pelzmantel sehen wüst aus. Aber ich bin überzeugt, daß es für all das eine ganz menschliche Erklärung gibt. Und die Hilfe der Erdenbewohner wird niemals von Schaden sein.« Er holte tief Luft. »Was aber die Lanzen und Schwerter betrifft, so muß doch jemand die Wehrlosen beschützen. Ich hoffe, Sie haben die netten Vögelchen noch nicht vergessen.«

Anton nickte nachdenklich. Wie war das doch damals auf der »Flora«? dachte er. Da saßen wir vierzehn Tage lang bei halber Sauerstoffration, ohne Essen, ohne einen Schluck zu trinken. Weil wir alles, was wir noch besaßen, den Ingenieuren gegeben hatten, die die Synthetisatoren reparierten. Nach den zwei Wochen sahen wir bestimmt nicht viel besser aus als diese Menschen hier.

Saul neigte den Kopf und knackte bekümmert mit den Fingern.

»Da liegt die Grenze«, murmelte er. »Es ist immer das gleiche. Wie vor Jahrtausenden.«

Die jungen Leute verharrten in Schweigen.

»Ihr seid mir sehr sympathisch«, sagte Saul leise. »Aber ich weiß wirklich nicht, ob ich weinen oder mich freuen soll, wenn ich euch so ansehe. Ihr bemerkt nicht, was für mich ganz klar auf der Hand liegt. Und ich kann euch noch nicht einmal einen Vorwurf daraus machen. Doch hört euch eine kleine Geschichte an. In grauer Vorzeit vergaßen Gäste aus dem All – vielleicht waren es eure ›Wanderer‹ – auf der Erde eine automatische Einrichtung. Sie bestand aus zwei Teilen: einem Roboter und einer Fernsteuerung dafür. Und zwar ließ sich der Roboter mit Hilfe von Gedanken steuern. Diese Dinge lagen jahrtausendelang in Arabien herum, bis ein Araberjunge namens Aladin das Steuergerät fand. Die Geschichte von Aladin kennt ihr ja sicher. Der Junge hielt das Gerät für eine Lampe. Er rieb daran, und gleich erschien mit schrecklichem Getöse der schwarze und vielleicht sogar feuerspeiende Roboter. Er empfing die unkomplizierten Gedanken, in die Aladins unkomplizierte Wünsche gekleidet waren, und er zerstörte Städte und errichtete Paläste. Stellt euch vor: ein bettelarmer, schmutziger, unwissender Araberjunge. Seine Welt ist eine Welt von Geistern und Zauberern, und der Roboter ist für ihn natürlich ein Dschinn, ein Sklave des Geräts, das wie eine Lampe aussieht. Hätte jemand versucht, ihm begreiflich zu machen, daß der Dschinn das Werk menschlicher Hände ist, der Junge hätte seine Welt bis zum letzten

Atemzug verteidigt, um ja in den Grenzen seiner Vorstellungen bleiben zu können. Und ihr verhaltet euch genauso. Ihr verteidigt die Einheitlichkeit eures Weltbildes, bemüht euch, für die Würde des Geistes einzutreten, und wollt absolut nicht begreifen, daß wir es hier nicht mit einer natürlichen oder technischen Katastrophe zu tun haben, sondern mit einer bestimmten Ordnung der Dinge, mit einem System, junge Leute. Und dabei ist das so natürlich. Noch vor zweieinhalb Jahrhunderten war die Hälfte der Menschheit überzeugt, daß man einen schwarzen Rüden nicht weißwaschen könne und daß der Mensch schon immer eine Bestie gewesen sei und bleiben werde, und es gab Veranlassung genug, das zu glauben.« Er knirschte mit den Zähnen. »Ich will nicht, daß ihr euch in diese Angelegenheit einmischt. Man wird euch hier töten. Ihr müßt zur Erde zurückkehren und das alles vergessen.« Er blickte Anton an. »Ich aber bleibe hier.«

»Warum?« fragte Anton.

»Ich muß«, antwortete Saul zögernd. »Ich habe eine Dummheit begangen. Und für Dummheiten muß man bezahlen.«

Anton überlegte fieberhaft, was er diesem seltsamen Menschen antworten sollte.

»Sie können natürlich hierbleiben«, sagte er schließlich. »Doch geht es jetzt nicht mehr um Sie. Nicht mehr allein um Sie. Wir bleiben ebenfalls hier. Lassen Sie uns vorerst gemeinsam handeln.«

»Man wird euch töten«, sagte Saul resigniert. »Denn ihr könnt nicht auf Menschen schießen.«

Wadim hieb sich auf die Oberschenkel und erklärte sanft: »Wir verstehen Sie ja, Saul! Aber aus Ihnen spricht der Historiker, auch Sie können sich nicht über die Grenzen Ihrer Vorstellungen erheben. Niemand wird uns töten. Sehen wir es etwas einfacher. Wir brauchen keine scharfsinnigen, komplizierten Überlegungen. Wir sind doch Menschen, also laßt uns auch wie Menschen handeln.«

»Na schön«, sagte Saul müde. »Und nun wollen wir uns stärken. Wer weiß, was uns noch bevorsteht.«

Anton hatte keinen Appetit, aber noch weniger gelüstete es ihn, sich zu streiten. Saul hatte sicher recht, und auch Wadim hatte recht, und wie immer hatte die Kommission für Kontakte recht, und überhaupt war jetzt Information am nötigsten.

Wadim stocherte unlustig mit seinem Löffel in der Konservenbüchse herum. Saul hingegen aß mit großem Appetit. »Eßt, eßt!« rief er. »Die beste Grundlage für jedes Vorhaben ist ein gefüllter

Magen.«

Anton sann über einen Aktionsplan nach. Ob nun die Natur oder die Gesellschaft an dem Elend schuld war – es änderte sich nichts an den Tatsachen. Und ein Eingreifen war unumgänglich. Nur durften sie nicht Hals über Kopf, ohne sich noch einmal umgesehen zu haben, nach Hause, zur Erde, zurückkehren und jammern: Helft!, oder sich hier, einen einzigen Sack mit Lebensmitteln schwenkend, genauso Hals über Kopf in den Strudel der Ereignisse stürzen. Saul tat ihm leid, doch ihn mußten sie einstweilen zurückhalten. Sie brauchten vor allem Informationen.

»Wir werden jetzt den Spuren der Kolonne folgen«, sagte Anton. »Ich nehme an, sie haben hier in der Nähe eine Siedlung.«

Saul nickte überzeugt.

»Dann suchen wir uns jemand, der einigermaßen intelligent aussieht«, fuhr Anton fort, »und du, Wadim, wirst ihn gründlich ausfragen. Danach werden wir weitersehen.«

»Richtig! Wir besorgen uns eine ›Zunge‹«, erklärte Saul, seinen Löffel ableckend.

Anton überlegte eine Weile, was Saul mit Zunge meinte, bis ihm einfiel, daß er einmal in einem Buch gelesen hatte: »Gehen Sie, Leutnant, und kommen Sie nicht ohne eine ›Zunge‹ wieder.« Er schüttelte den Kopf.

»Aber nein, Saul, wozu brauchen wir eine ›Zunge‹! Alles muß still und friedlich abgehen. Und Sie halten sich besser im Hintergrund. Bleiben Sie im Gleiter. Sie waren noch nie in einer gefährlichen Situation, und ich fürchte, Sie könnten den Kopf verlieren.«

Sauls eingefallene Augen sahen ihn sekundenlang an.

»Ja, natürlich«, sagte er schließlich. »Ich vergaß, daß ich ein Bücherwurm bin.«

Es war bereits Nacht, als der Gleiter vom Boden abhob, die Grube übersprang und über dem festgetretenen Weg nach Osten flog. Über der Ebene stieg ein kleiner, heller Mond auf, während im Westen eine schmale purpurrote Sichel über dem Gebirgsrücken hing. Der Weg wand sich um einen hohen Hügel, und dahinter erblickten sie mehrere Reihen tief verschneiter Hütten.

»Hier«, sagte Anton. »Geh tiefer, Wadim.«

5

Wadim landete den Gleiter auf der ersten besten Straße. Als er das Kabinendach öffnete, drang ein abscheulicher Gestank herein: Es roch nach gefrorenen Exkrementen – nach Armut und Elend. Zu beiden Seiten der Straße standen windschiefe, baufällige Hütten ohne Fenster. Silbern glänzten im Mondlicht die Hauben aus reinem Schnee auf den flachen Dächern, während die Schneewehen vor den Eingängen widerwärtig schwarz schimmerten. Die Straße war leer, und man hätte meinen können, die Siedlung sei verlassen, doch die Stille war erfüllt von einem Röcheln und Stöhnen und dem Rasseln trockenen Hustens.

Wadim steuerte den Gleiter langsam die Straße entlang. Die übelriechende Frostluft zwickte im Gesicht. Weder auf der Straße noch in den dunklen Nebengassen war auch nur eine Menschenseele zu sehen.

»Sie sind erschöpft und schlafen«, meinte Wadim.

»Wir müssen sie wecken.«

Er stoppte den Gleiter. »Ihr wartet hier, während ich mal nachsehen gehe.«

»Na schön, gehen wir«, sagte Anton.

»Das kann ich doch allein besorgen«, widersprach Wadim und sprang auf die Straße. »Ich werfe nur einen Blick hinein und komme gleich wieder. Wenn sich hier nichts ergibt, fahren wir weiter.«

»Saul, Sie bleiben hier«, sagte Anton. »Wir sind gleich wieder da.«

»Macht nur keinen Lärm«, warnte Saul.

Wadim verharrte unschlüssig vor einem schmutzigen Pfad, der zur Tür der nächsten Hütte führte. Er ekelte sich davor, weiterzugehen. Aber Anton stand schon neben ihm.

»Na, was ist?« fragte er. »Vorwärts!«

Da betrat Wadim den Pfad, glitt aus und wäre beinahe hingefallen. Ihm war speiübel, und er ging mit erhobenem Kopf, um den Pfad nicht zu sehen. Kreischend und knarrend öffnete sich die Tür, und heraus fiel ein völlig nackter Mann, lang wie eine Bohnenstange. Er plumpste auf eine vereiste Schneewehe und schlug wie tot gegen die Hüttenwand.

Wadim beugte sich über ihn. Es war ein längst erstarrter Leichnam. Wieviel Tote habe ich heute schon gesehen! dachte Wadim. In der Hütte hustete jemand, und gleich darauf sang eine hohe knarrende Stimme ein Lied. Es war eigentlich mehr ein Geheul. Ein

Singsang in Moll ohne Worte. Vielleicht weinte die Stimme auch einfach.

Wadim blickte sich um. Er sah auf der Straße die rundlichen Umrisse des Gleiters, aus dem Sauls reglose Gestalt ragte. Unheimlich glänzte im hellen Mondlicht der Schnee auf der verödeten Straße, und langgezogen weinte und klagte die hohe Stimme hinter der Tür. Anton knuffte Wadim sacht in die Seite.

»Hast du Angst?« fragte er halblaut. Sein Gesicht sah ganz weiß aus, wie erfroren.

Wadim gab keine Antwort. Er machte die Tür weit auf und knipste die Taschenlampe an. Widerwärtig muffige, stickige Luft schlug ihm entgegen. Der Lichtkegel fiel auf den feuchten Erdboden, der mit zertrampeltem fahlem Heu bedeckt war. Wadim erblickte Dutzende von zusammengekrümmten Leibern, die eng aneinandergepreßt lagen, ein Gewirr von nackten dürren Beinen mit riesigen Füßen, ausgemergelte Gesichter, weit geöffnete schwarze Münder. Die Menschen schliefen auf der Erde und aufeinander. Es hatte den Anschein, als lägen sie in mehreren Schichten übereinander und zitterten im Schlaf. Das Klagegeheul ertönte ohne Pause und wollte nicht enden. Wadim konnte den Sänger nicht gleich entdecken, bis der Lichtkegel auf ihn fiel. Die Arme um die spitzen Knie gelegt, saß der Mann auf dem Rücken von Schlafenden. Er starrte mit ausdruckslosen Augen in das Licht der Taschenlampe und sang, die aufgesprungenen Lippen weit auseinanderziehend.

»He, du!« rief Wadim. »Unterbrich deinen Gesang mal und sag was.«

Der Mann rührte sich nicht. Er schien weder das Licht zu sehen noch die Stimme zu hören.

»Du da«, wiederholte Wadim. »So hör doch!«

Plötzlich beendete der Sänger sein Lied mit einem heiseren Aufschrei, warf sich auf den Rücken und erstarrte. Sofort war er von den Schlafenden nicht mehr zu unterscheiden, und Wadim suchte ihn vergebens. Er schluckte krampfhaft, machte einen Schritt vorwärts und stieß dabei gegen ein nacktes Bein. Es war eiskalt, tot. Wadim berührte ein anderes Bein. Auch das war eiskalt und tot. Da drehte er sich um und taumelte gegen etwas Breites, Warmes.

»Leise«, sagte Anton.

Wadim besann sich und schüttelte den Kopf. Anton hatte er ganz vergessen. »Ich kann nicht«, murmelte er. »Es ist hoffnungslos.«

Anton nahm ihn beim Ellbogen und führte ihn hinaus. Die Frostluft dünkte Wadim rein und köstlich.

»Ich kann nicht«, wiederholte er. »Hier ist keiner mehr am Leben. Alle sind starr und tot.« Er machte sich von Anton frei und ging vorsichtig den Pfad entlang zur Straße. Saul saß nach wie vor reglos im Gleiter. Wadim merkte, daß seine Taschenlampe noch brannte. Er knipste sie aus, steckte sie in die Tasche und kletterte in den Gleiter. Saul beobachtete ihn schweigend. Anton kam heran, stützte sich mit den Ellbogen auf die Bordwand und beobachtete ebenfalls Wadim. Der vergrub sein Gesicht in der Rundung des Steuerruders und preßte zwischen den Zähnen hervor: »Das sind keine Menschen. So kann man nicht leben.« Jäh hob er den Kopf. »Das sind Kyber! Menschen sind nur die in den Pelzen. Das hier aber sind Kyber, die eine abscheuliche Ähnlichkeit mit Menschen haben.«

Saul stieß einen tiefen Seufzer aus. »Wohl kaum, Wadim«, sagte er. »Es sind Menschen, die eine abscheuliche Ähnlichkeit mit Kybern haben!«

Anton kletterte an Bord und nahm seinen Platz ein.

»Reißen wir uns zusammen«, sagte er. »Wir wollen keine Zeit verlieren. Wir brauchen eine ›Zunge‹.« Er klopfte Wadim auf die Schulter. »Handeln Sie, Leutnant, und kommen Sie nicht ohne eine ›Zunge‹ wieder.«

Saul verzog das Gesicht. »Wenn Sie wollen, gehe ich in eine Hütte und greife mir den ersten besten«, schlug er vor. »Aber das ist meiner Meinung nach nicht das, was wir brauchen.«

»Dann arbeiten sie also bei Tage und sterben bei Nacht«, fuhr Wadim unbeirrt fort. »So eine Ungeheuerlichkeit!«

»Ganz recht«, pflichtete Saul ihm bei. »Es ist ungeheuerlich, und einen von denen, die schuld daran sind, müssen wir uns greifen. Einen von denen im Pelz.«

Wadim blickte die Straße hinunter. »Optimismus«, sagte er, »ist eine zuversichtliche, bejahende Lebensauffassung, bei der der Mensch . . .«

Da gewahrte er plötzlich im Mondlicht, wie in der Ferne mehrere graue Schatten in Hemden nacheinander die Straße überquerten.

»Seht mal!« rief er.

An die zwanzig Mann liefen über die Straße, und den Schluß bildeten zwei mit Pelzen und langen Stangen.

»Dem guten Jäger ist auch das Glück hold«, unkte Saul. »Wir brauchen nichts weiter zu tun, als sie einzuholen und zu schnappen . . .«

»Sie meinen die da?« fragte Anton unschlüssig.

»Haben Sie etwa vor, Hütte für Hütte abzuklappern? Die Schuldigen wohnen nicht in Hütten, das kann ich Ihnen versichern. Beeilen wir uns, sonst verlieren wir sie noch aus den Augen.«

Wadim startete seufzend. Langsam ließ er den Gleiter die Straße entlangfahren. Er stellte sich vor, wie sie den erschrockenen, nichts begreifenden Mann bei den Armen packen, zum Gleiter zerren und in die Kabine stoßen würden; sicher würde er jämmerlich schreien und sich wehren. Das sollte man mal mit mir probieren! dachte Wadim. Ich würde alles in Stücke schlagen. Er lauschte. Saul sagte gerade zu Anton: »Seien Sie unbesorgt. Ich weiß, wie man so was macht. Bei mir wird er sich nicht wehren.«

»Sie haben mich mißverstanden«, erwiderte Anton nachsichtig. »Von Gewaltanwendung kann überhaupt nicht die Rede sein.«

»Überlassen Sie das doch lieber mir. Sie verderben sonst alles. Die stechen Sie mit der Lanze, und dann kommt es zu einem blutigen Krawall.«

Nun hör einer den Stubengelehrten an! dachte Wadim erstaunt.

»Wissen Sie, Saul«, sagte Anton, »Sie gefallen mir nicht. Sie bleiben in der Maschine sitzen, und wagen Sie ja nicht, sich einzumischen!«

»Na dann gute Nacht!« sagte Saul und seufzte.

Als Wadim in eine Querstraße einbog, erblickten sie in der Ferne ein hübsches zweistöckiges Haus, vor dem sich in rötlichem Fackelschein eine Menschenmenge drängte. Da standen Männer in Sackhemden, und um sie herum eilten welche in Pelzen. Wadim fuhr ganz langsam und hielt den Gleiter auf der Schattenseite der Straße. Er hatte überhaupt keine Vorstellung, was zu tun war und wie sie es anpacken sollten. Anton allem Anschein nach auch nicht. Jedenfalls schwieg er.

»Hier leben die Schuldigen«, sagte Saul. »Sehen Sie, was für ein warmes, behagliches Haus das ist? Hier irgendwo in der Nähe muß auch eine Toilette sein. Es wäre doch ganz reizvoll, sich die ›Zunge‹ vor der Toilette zu greifen! Ist Ihnen übrigens auch aufgefallen, daß hier nirgends Frauen zu sehen sind?«

Die Tür des Hauses öffnete sich, zwei Männer traten heraus und blieben auf der Freitreppe stehen. Langgezogenes Jammergeschrei ertönte. Der Menschenhaufen in Sackhemden setzte sich in Bewegung, formierte sich zu Reihen und marschierte plötzlich geradewegs auf den Gleiter zu. Nahe der Freitreppe schrien mehrere

Stimmen. Wadim bremste scharf und landete den Gleiter.

Er starrte auf die sich Nähernden und wußte nicht, wie ihm geschah. Dicht über seinem Ohr vernahm er Antons schweren Atem. Die Männer in Sackhemden kamen immer näher und marschierten dann rasch an ihnen vorbei. Wadim stieß einen Ruf der Verwunderung aus. Zwanzig barfüßige Männer waren vor einen schweren, unförmigen Schlitten gespannt, in dem sich, bis zur Brust in Felle gehüllt, ein Mann in Pelzmantel und spitz zulaufender Pelzmütze rekelte. Senkrecht in der Hand hielt er eine lange Lanze mit fürchterlichen Widerhaken an der Spitze. Die Vorbeiziehenden hatten freudige Gesichter und jubelten laut. Wadim sah sich nach Saul um. Der starrte dem eigenartigen Gespann mit offenem Mund nach.

»Ich habe das Rätselraten satt«, erklärte Anton plötzlich. »Steure auf das Haus zu.«

Wadim zog den Steuerknüppel scharf an, und das Haus kam auf den Gleiter zugesaust. Sekundenlang starrten die Männer im Pelz, die an der Freitreppe standen, auf die sich nähernde Maschine, dann bildeten sie mit erstaunlicher Schnelligkeit einen Halbkreis und streckten die Lanzen vor. Auf der Freitreppe selbst begann ein strammer, zottiger Hüne unter jämmerlich klingendem Geschrei herumzuhüpfen. Dabei fuchtelte er mit einer breiten, glänzenden Klinge über seinem Kopf herum. Wadim ließ den Gleiter vor den Lanzen aufsetzen und kletterte aus der Kabine. Die Männer im Pelz wichen zurück und drängten sich enger aneinander. Ihre Lanzenspitzen waren auf Wadims Brust gerichtet.

»Frieden!« sagte Wadim und hob die Hände.

Die Männer im Pelz wichen noch ein Stück zurück. Sie dampften und stanken nach Ziegenbock. Unter den Kapuzen leuchteten schreckgeweitete Augen und gefletschte Zähne. Der Dicke auf der Freitreppe ließ eine lange Rede vom Stapel. Er war unglaublich groß und korpulent und hatte ein unförmiges, schwabbliges Gesicht, das vor Schweiß glänzte. Abwechselnd ging er in die Hocke und richtete sich wieder auf, stellte sich sogar auf die Zehenspitzen, zeigte mit dem Schwert bald vor sich, bald gen Himmel und keifte mit unnatürlich hoher, weibischer Stimme. Den Kopf geneigt, hörte Wadim aufmerksam zu. Die Mnemokristalle an seinen Schläfen registrierten die unbekannten Worte und die Intonation, analysierten sie und lieferten erste, noch unbestimmte Übersetzungsvarianten. Von einer drohenden Gefahr war die Rede, von etwas Gewaltigem und Starkem, von schrecklichen Strafen ... Plötzlich verstummte der Dicke, fuhr sich mit dem Ärmel über das schweißnasse Gesicht und kreischte unter größtem Kraftaufwand etwas Kurzes, Schneidendes. Seine Stimme klang leidend. Gleich darauf duckten sich die Männer mit den Lanzen und bewegten sich ganz langsam auf Wadim zu.

»Jetzt ist alles klar«, sagte Saul. »Fangen wir an?«

Er legte den Lauf des Scorchers auf die Bordwand.

»Halten Sie ein, Saul«, befahl Anton. »Wadim, in die Kabine!«

»Was überlegen Sie noch?!« versetzte Saul zornig. »Das sind doch Halunken, SS-Leute! Giftkröten!«

Die Männer im Pelz näherten sich Wadim mit kurzen, langsamen Schritten. Als die glänzenden, breiten Klingen gegen seine Brust stießen, trat er zurück und kletterte, ihnen den Rücken zukehrend, in den Gleiter.

»Eine typische wurzelisolierende Sprache«, erläuterte er, seinen Platz wieder einnehmend. »Allem Anschein nach ein sehr begrenzter Wortschatz. Frieden wollen sie nicht, soviel ist klar.«

»Lassen Sie mich ihnen wenigstens einen Schreck einjagen«, bat Saul. »Nur einen Schuß in die Luft, damit ihnen das Herz in die Hosen rutscht.«

Anton schlug das Kabinendach zu. Daraufhin kehrten die Männer im Pelz zur Freitreppe zurück und hoben ihre Lanzen wieder in die Höhe. Sie starrten allesamt auf den Gleiter. Das überdimensionale Gesicht des Dicken verzog sich zu einem hämischen Grinsen.

»Ach ihr!« sagte Saul. »Braucht ihr nun eine ›Zunge‹ oder nicht? Laßt uns doch diesen Fettwanst da greifen! Das ist doch der geborene Rapportführer!«

»So begreifen Sie doch«, sagte Anton verzweifelt, »sie wollen sich nicht mit uns verständigen! Und das ist ihr gutes Recht. Was können wir da schon machen!«

»Brauchen Sie eine ›Zunge‹ oder nicht?« wiederholte Saul seine Frage. »Den Vorteil der Überraschung haben wir bereits eingebüßt. Hier ist ohne Kampf nichts mehr zu machen. Aber da ist ja noch das Aas, das mit dem Gespann weggefahren ist.«

Sie einer an, auch über die Lexik verfügt er! dachte Wadim anerkennend. Unverfälschtes zwanzigstes Jahrhundert. Ein erstklassiger Fachmann! Er schaute Anton an. Der wirkte blaß und verstört. So hatte Wadim ihn noch nie gesehen.

»Es gibt nur zwei Möglichkeiten«, fuhr Saul fort. »Entweder wir wollen ergründen, was hier geschieht, oder wir fliegen zur Erde zurück und lassen entschlossenere Leute hierherschicken. Aber wir müssen uns schnell entscheiden, solange sie nur Lanzen gegen uns einsetzen . . .«

Wir zaudern die ganze Zeit, dachte Wadim. In den Hütten aber sterben sie.

»Anton«, sagte er. »Laß uns das Gespann einholen. Dort hat nur einer eine Lanze, dort wird es einfacher sein. Nehmen wir ihm die Lanze weg und laden ihn in unser ›Schiff‹ ein.«

»Sie grinsen hämisch, diese Giftkröten!« sagte Saul, durch das Spektrolit blickend.

Er drohte dem Dickwanst auf der Freitreppe vielsagend mit der Faust. Der fuchtelte nicht weniger vielsagend mit dem Schwert herum.

»Haben Sie das gesehen?« fragte Saul mit gespielter Entrüstung. »Wir verstehen uns schon ganz gut, was?«

»Ich versuch's noch einmal«, sagte Anton und öffnete das Kabinendach. Da stieß der Dickwanst einen Schrei aus. Einer der Lanzenträger holte, den Ärmel seines Pelzes bis zur Schulter hochschiebend, weit aus und schleuderte unter Aufbietung aller Kraft die schwere Lanze. Kreischend schrammte die Eisenspitze über das Spektrolit. Saul duckte sich.

»Das war deutlich!« rief Anton drohend und keuchte. »Wadim, wenden!«

Wadim führte das Kommando aus.

»Hinter dem Gespann her!« befahl Anton und lehnte sich in den Sitz zurück. »Hier bringen wir nichts in Erfahrung. Ausgemachte Sturheit ist das.«

»Ein Schuß in die Luft genügt«, sagte Saul verächtlich, »und man kann sie mit bloßen Händen greifen.«

Anton schwieg. Der Gleiter huschte die leere Straße entlang und erreichte in wenigen Minuten das freie Feld.

»Ich kann euch bloß das eine sagen«, erklärte Anton plötzlich, »wir werden uns hinterher in Grund und Boden schämen.«

»Die Menschen liegen im Sterben! Was sollen wir denn machen?« fragte Wadim.

»Wenn ich das wüßte!« sagte Anton. »An derartige Umstände hat die Kommission nicht im Traum gedacht.«

Was für eine Kommission? wollte Wadim fragen, doch da sagte Saul: »Lassen Sie doch endlich Ihre Skrupel fallen! Wenn Sie schon

Gutes tun wollen, dann strengen Sie sich ein bißchen an. Das Gute muß aktiver sein als das Böse, sonst bleibt alles beim alten.«

»Das Gute, das Gute!« knurrte Anton. »Wer möchte schon als hilfsbereiter Dummkopf dastehen?«

»Das stimmt schon«, erwiderte Saul. »Dafür werden Sie ein ruhiges Gewissen haben.«

Sie holten das Gespann fünf Kilometer von der Siedlung entfernt ein.

Die Männer in den Sackhemden rannten stolpernd durch den tiefen Schnee. Der Mann im Pelz aber, der aufgeblasen im Schlitten saß, stieß von Zeit zu Zeit die Zurückbleibenden träge mit der Lanze.

»Ich gehe jetzt runter«, sagte Wadim.

»Setz vor dem Gespann auf«, befahl Anton, »und verständige dich mit ihm. Saul, geben Sie den Scorcher her; und bleiben Sie in der Maschine sitzen. Das ist kein Aas, sondern ein Mensch.«

»Na schön«, erwiderte Saul. »Hier haben Sie den Scorcher. Aber wenn er nun mit seiner Lanze auf Wadim losgeht? Statt Gespräche zu führen . . .«

»Die Lanze nehme ich ihm weg. Wir müssen die Stränge durchschneiden und Essen und Kleidung an die armen Teufel verteilen«, sagte Wadim.

»Richtig«, stimmte Anton zu.

Als der Gleiter dicht vor dem Gespann im Schnee niederging, blieben die menschlichen Zugtiere wie angewurzelt stehen. Wadim sprang hinaus. Die Männer in den Sackhemden standen, das Gesicht mit den Händen bedeckend. Sie atmeten schwer und schluchzten. Wadim rannte an ihnen vorbei und rief freudig: »Schluß, Freunde! Jetzt geht's heimwärts!«

Während er auf den Schlitten zusteuerte, überlegte er, wie er die Lanze am besten an sich reißen könnte. Der Mann im Pelz hatte sich hingekniet und starrte ihn entgeistert an. Die Lanze hielt er gefällt.

»Komm mit«, forderte Wadim ihn auf und griff nach dem Lanzenschaft.

Der Mann im Pelz ließ sofort die Lanze los und zückte sein Schwert. Er stand schon wieder auf den Füßen.

»Aber, aber! Nicht doch!« rief Wadim und warf die Lanze fort.

Da brach der Mann im Pelz in ein langgezogenes Jammergeheul aus. Wadim packte ihn am Arm, der das Schwert hielt, und zerrte ihn hinter sich her. Ihm war nicht wohl bei der Sache. Als der Mann im Pelz sich loszureißen suchte, wurde Wadims Griff noch fester.

»Na, was hast du denn? Keine Angst! Wir bringen das schon in Ordnung!« redete er ihm gut zu und öffnete gewaltsam die schweißnasse Faust, die das Schwert umklammerte. Das Schwert fiel in den Schnee. Wadim schlang die Arme um den Oberkörper des Mannes im Pelz und zerrte ihn zum Gleiter. Dabei murmelte er irgendwelche begütigenden Worte und bemühte sich, seiner Stimme die einheimische Intonation zu verleihen. Plötzlich hörte er Saul einen Warnruf ausstoßen und fühlte sich zu Boden gezogen. Jemand griff nach seinem Gesicht, irgendwer hing an seinem Hals, mehrere Hände klammerten sich an seine Beine – schwache, zitternde Hände.

»Seid ihr denn ganz von Sinnen?« brüllte Saul wütend. »Anton, halt sie auf!«

Der Mann im Pelz unternahm von neuem einen heftigen Versuch, sich loszureißen. Wadim bekam einen stinkenden Lumpen über den Kopf geworfen und konnte nichts mehr sehen. Den Mann im Pelz mit aller Kraft an sich pressend, vermochte er sich in dem Gewimmel von Leibern kaum noch auf den Beinen zu halten. Auf einmal erhielt er einen heftigen Stoß in die Seite und verspürte Schmerzen. Er ließ die »Zunge« fahren, befreite sich durch einen Ruck mit den Schultern und riß sich den stinkenden Sack vom Gesicht. Da erblickte er im Schnee zappelnde Menschen und Anton, der sich über ihre Leiber hinweg zu ihm vorkämpfte. Als Wadim sich umdrehte, stand, bis zu den Knien im Schnee, ein nackter Mann mit erhobenem Schwert vor ihm.

»Was soll das?« rief Wadim.

Der Mann schlug mit voller Wucht zu, doch das Schwert drehte sich in seiner Hand und traf Wadims Schulter mit der flachen Seite. Wadim stieß den Mann vor die Brust, daß er in den Schnee fiel und wie erstarrt liegenblieb. Dann hob er das Schwert auf und warf es in hohem Bogen fort. Er fühlte etwas Warmes, Nasses den Oberschenkel hinabrinnen. Er blickte sich um.

Reglos, wie Tote, lagen die Menschen im Schnee. Der Mann im Pelz war nicht unter ihnen.

»Lebst du noch?« schrie Anton keuchend.

»Voll und ganz«, antwortete Wadim. »Aber wo ist die ›Zunge‹ geblieben?«

Da sah er Saul mit langen Schritten auf sich zukommen; er schleifte den Mann im Pelz am Kragen hinter sich her.

»Er wollte ausrücken«, erklärte er.

»Kommt weg von hier!« rief Anton.

Die Füße vorsichtig zwischen die reglosen Körper setzend, kehrten sie zum Gleiter zurück. Saul hatte den Mann im Pelz mit einem Ruck auf die Beine gestellt und trieb ihn mit Knüffen zwischen die Schulterblätter vor sich her.

»Vorwärts, du Halunke! Los, du feiste Visage!« schimpfte er. »Er stinkt entsetzlich«, erklärte er. »Wahrscheinlich hat er sich ein Jahr nicht gewaschen.«

Als sie zum Gleiter kamen, tippte Anton dem Gefangenen auf die Schulter und wies auf die Kabine. Der schüttelte heftig den Kopf, so daß ihm die Mütze herunterfiel, und setzte sich in den Schnee.

»Wir fackeln nicht lange!« brüllte Saul.

Er nahm den Gefangenen beim Schlafittchen und wälzte ihn über die Bordwand. Geräuschvoll plumpste er auf den Kabinenboden und blieb mucksmäuschenstill liegen.

»Pfui Teufel«, sagte Anton, »ist das eine Viecherei!«

Er nahm die beiden Säcke, die neben dem Gleiter standen, und schleifte sie zu dem Gespann. Dann schnürte er sie auf, holte alle Kleidungsstücke heraus und breitete sie im Schnee aus. Genauso verfuhr er mit den Lebensmitteln. Die Menschen lagen wie tot da und zogen nur sacht die Beine an, wenn Anton an ihnen vorbeikam.

Erschöpft an die warme Bordwand der Maschine gelehnt, stand Wadim und starrte auf den zerwühlten Schnee, den umgekippten Schlitten und die im Mondlicht zusammengekrümmt liegenden Leiber.

»Kommission für Kontakte, wo bist du?« hörte er Anton bekümmert sagen.

Wadim befühlte seine Seite. Das Blut floß noch immer. Er verspürte Übelkeit und Schwäche und kletterte in die Kabine. Es war alles schlimmer gekommen, als sie gedacht hatten. Der Gefangene lag mit dem Gesicht nach unten und bedeckte den Kopf mit den Händen. Allem Anschein nach erwartete er den Tod oder die Folter. Neben ihm saß Saul, der ihn nicht aus den Augen ließ. Anton kam und stieg ebenfalls in die Kabine.

»Was hast du denn?« fragte er Wadim.

»Mich hat's erwischt, ich bin verwundet«, antwortete der mit Mühe.

Anton musterte ihn kurz. »Los, zieh dich aus«, forderte er.

»Ach!« krächzte Saul verdrossen.

Wadim zog sich die Kutte aus. Ihm war speiübel, und sein Blick war getrübt. Er sah Antons ernstes Gesicht und die vor Mitgefühl gerunzelte Stirn Sauls. Dann spürte er kühle Finger an seiner Seite.

»Mit dem Messer«, sagte Saul. Seine Stimme drang wie durch eine Wand zu Wadim. »Sie waren zu ungeschickt. Ich hätte ihn mit einem Arm gepackt.«

»Er war's nicht«, murmelte Wadim. »Es war mit dem Schwert ... ein Nackter ...«

»Ein Nackter?« wiederholte Saul fragend. »Das begreife ich nicht.«

Anton erwiderte etwas, doch da verschwamm vor Wadims Augen alles zu Kreisen und Sternen, und er verlor das Bewußtsein.

6

»Anton!« sagte Saul. »Er ist in Ohnmacht gefallen. Sehen Sie?«

»Er schläft«, erwiderte Anton. Aufmerksam untersuchte er die Wunde; es war eine ziemlich tiefe Stichwunde. Sie saß unterhalb der Rippen, und das Schwert hatte nur einige Muskeln durchtrennt. Anton seufzte erleichtert auf. Schnaufend blickte ihm Saul über die Schulter. »Schlimm?« erkundigte er sich flüsternd.

»Nein«, erwiderte Anton. »In einer Stunde ist alles wieder in Ordnung.« Er schob Saul beiseite. »Und Sie setzen sich jetzt bitte.«

Saul lehnte sich im Sessel zurück und starrte grimmig auf die regungslose »Zunge«. Anton knöpfte den Sack mit den Medikamenten auf, holte die Büchse mit dem Kolloid hervor und übergoß damit die Wunde. Das orangerote Gelee nahm sofort eine rosa Färbung an und überzog sich mit feinen rosa Pfeilen. Das ist das Blut, dachte Anton. Er betrachtete Wadims Gesicht. Es war etwas blasser als sonst, aber genauso ruhig und friedlich wie immer, wenn er schlief. Auch atmete er wie immer durch die Nase – tief und mühelos. Anton legte die Finger an die Wundränder und schloß die Augen.

Die einfachsten Methoden der Psychochirurgie gehörten mit zur Ausbildung eines Raumfahrers. Praktisch jeder Pilot verstand sich darauf, durch Anwendung der psychodynamischen Resonanz lebendes Gewebe zu operieren und wieder zusammenwachsen zu lassen. Das erforderte hohe Anspannung und Konzentration. Unter stationären Bedingungen verwendete man dazu Neurogeneratoren, doch unterwegs mußte man das nach Art eines Wunderdoktors machen, und Anton bedauerte diese Leute jedesmal.

Wie im Schlaf hörte Anton hinter sich Saul schwer atmen und hin und her rutschen. Der Gefangene, der einen unangenehmen, säuerlichen Geruch in der Kabine verbreitete, murmelte schluchzend.

Anton öffnete die Augen wieder. Die Wunde war zugeheilt und hatte das Kolloid herausgepreßt; jetzt war nur noch eine rosa Narbe zu sehen. Das reicht wohl, dachte Anton. Sonst kann ich den Gleiter nicht mehr steuern. Er war schweißgebadet.

»So, das wär's«, sagte er, tief Luft holend.

Saul erhob sich und warf einen Blick auf die Wunde.

»Donnerwetter!« brummte er. »Wie machen Sie das bloß?«

Anton schaute sich um und zuckte zusammen. Von draußen preßten sich schreckliche Gesichter mit eingefallenen Wangen und gefletschten Zähnen gegen das Kabinendach. Es war wie ein Spuk aus Urväterzeiten, als blickten Tote ins Haus. Anton überlief es eiskalt. Saul zog die buschigen Brauen zusammen und drohte mit dem Finger. Lautlos pochten knochige Fäuste gegen das Spektrolit.

»Geht nach Hause! Ab, nach Hause!« rief Saul.

Anton zog Wadim an. »Wir fliegen gleich los«, sagte er.

»Dann töten Sie die ja alle.«

Anton schüttelte den Kopf und schwang sich auf den Pilotensitz. Der Gleiter ruckte an und erhob sich langsam in die Lüfte. Die Gesichter am Kabinendach verschwanden. Eine lange, knochige Hand mit abgebrochenen Fingernägeln glitt über das Spektrolit und verschwand dann ebenfalls.

Anton nahm Kurs auf das »Schiff« und ging auf volle Geschwindigkeit. Er hatte es eilig – es war schon Mitternacht.

»Was liegt denen bloß an ihm?« murmelte Saul. »Ein SS-Typ, eine Bestie. Ich habe selber gesehen, wie er sie mit Lanzenstichen angetrieben hat.«

Anton schwieg.

»Meine Güte!« sagte Saul auf einmal. »Was hat der denn da für ekelhaftes Zeug! Das krabbelt ja nur so.«

»Was krabbelt?«

»So was Ähnliches wie Läuse. Wir müssen ihn erst mal waschen und alles gründlich desinfizieren.«

Noch eine Arbeit! dachte Anton.

Als hätte Saul seine Gedanken erraten, sagte er: »Schon gut, das erledige ich. Wenn er bloß nicht dabei eingeht, so was ist er doch nicht gewohnt.«

Anton brachte den Gleiter auf Höchstgeschwindigkeit und hielt ihn in hundert Meter Höhe. Der kleine, helle Mond stand fast im Zenit, die rote Sichel war längst untergegangen, und vor ihnen am hellen Horizont stieg ein dritter, abgeplatteter rosafarbener Mond auf. Wadim regte sich, gähnte laut, murmelte: »Hast du mich geheilt?« und schlief wieder ein.

»Was macht der Gefangene?« fragte Anton. Er war so ermattet, daß er sich nicht umdrehen mochte.

»Der liegt da und stinkt. Hab lange nicht mehr solchen Gestank erlebt.«

Lange nicht! dachte Anton. Ich hab so was überhaupt noch nicht erlebt. Saul hat recht: Wir haben uns umsonst eingemischt. Saul ist ein kluger Kopf. Es handelt sich tatsächlich um ein System. Eine Sklavenhalterkultur. Sklaven und Herren. Wahrhaftig, ich habe geglaubt, treue Sklaven kämen nur in schlechten Büchern vor. Ein treuer Sklave ist etwas Widerwärtiges! Na schön, es ist nun mal passiert. Für einen Rückzieher ist es nun zu spät. Zumindest werden wir alles erfahren. Aber das ist es nicht allein. Selbst wenn ich gleich erkannt hätte, was sich hier abspielt, hätte ich dem allen nicht den Rücken kehren können. Der Grube, in der die Fahrzeuge Menschen zerquetschen, der schmutzstarrenden Siedlung . . . Ob der Weltrat die Existenz eines Planeten mit einer Sklavenhalterordnung dulden wird? fragte sich Anton. Auf einmal empfand er die ganze Tragweite des Problems: Soll man sich in das Schicksal eines fremden Planeten einmischen oder nicht? Die Bewohner der Leonida und der Tagora stehen uns Menschen zu fern. Die Psyche der Leoniden ist uns bis auf den heutigen Tag ein Rätsel, und niemand vermag zu sagen, was für eine Gesellschaftsordnung dort herrscht. Die Humanoiden auf der Tagora aber stellen von Natur aus so geringe Ansprüche, daß es einfach unbegreiflich ist, wie sie es fertiggebracht haben, ihre Technik zu schaffen. Hier auf dem Saul aber sieht es ganz anders aus. Nirgends sonst haben die gesellschaftlichen Verhältnisse eine so anormale und, wie es scheint, doch notwendige Form angenommen. Der leibliche Bruder des Menschengeschlechts ist noch sehr jung, unreif und grausam. Und zu all dem noch diese blödsinnigen Fahrzeuge der Gäste aus dem All.

In der Ferne tauchte auf der hellblauen Ebene ein kleiner schwarzer Punkt auf. Das ist das »Schiff«, dachte Anton. Und daneben, unter dem Schnee, liegen die Toten. Komisch, ein Tag ist erst vergangen, und ich habe mich schon daran gewöhnt. Als wäre ich mein Leben lang zwischen nackten Toten durch den Schnee gestiefelt. Der Mensch gewöhnt sich an alles! Psychische Akkommodation. Merkwürdig! Vielleicht liegt es daran, daß sie uns fremd sind. Vielleicht würde ich auf der Erde über all dem den Verstand verlieren. Nein, ich bin einfach abgestumpft.

Er verminderte die Geschwindigkeit und drehte eine Runde über dem »Schiff«. Es war ein tröstlicher Anblick – der vertraute schwarze Konus über den bläulichen Hügeln. Und seine beiden scharfen Schatten: der kurze schwarze und der lange rosafarbene. Der Gleiter setzte vor dem Eingang auf. Der Schnee rund um das »Schiff« war zu einer festen Eisfläche gefroren. Anton klopfte Wadim aufs Knie.

»Was ist?« fragte Wadim schlaftrunken.

»Aufstehen.«

»Hau ab!«

»Steh auf, Wadim. Komm ins ›Schiff‹.«

»Gleich«, antwortete Wadim, rührte sich aber nicht.

»Soll ich ihn wachkitzeln?« fragte Saul.

Da schlug Wadim die Augen auf und erhob sich. »Aha, das ›Schiff‹. Verstehe.«

Sie kletterten hinaus auf den hartgefrorenen, glatten Schnee. Die Frostluft verschlug ihnen den Atem. Wadim klapperte mit den Zähnen. Saul hielt den Gefangenen am Kragen fest. Was mag jetzt im Kopf dieses armen Teufels vorgehen? dachte Anton.

»Geht schon rauf«, schlug Saul vor, »ich bringe den schnurstracks in den Duschraum.«

Sie betraten das »Schiff«, ließen das Luk wieder zuwachsen, und Anton stieg, Wadim vorwärtsschubsend, zur Messe hoch. Wadim war noch ziemlich benommen. Unten stimmte der Gefangene ein schreckliches Gebrüll an. Wadim zuckte zusammen.

»Was machen die da?« fragte er beunruhigt.

»Er soll gewaschen werden«, erklärte Anton. »Er steckt voll Ungeziefer.«

»Geh freiwillig. Keine Angst, wirst nicht gleich krepieren«, ließ sich Saul vernehmen.

Die Tür zum Duschraum klappte. Anton und Wadim betraten die Messe und ließen sich in die Sessel fallen.

»Das liebe, gute ›Schiff‹!« sagte Wadim. »Wie schön es ist, wie sauber . . .«

Anton lag mit geschlossenen Augen da. »Tut's weh?« erkundigte er sich.

»Es juckt.«

»Dann ist ja alles in Ordnung. Was brauchst du für die Arbeit?«

»Einen Rechenautomaten«, antwortete Wadim. »Die Hälfte des Informationsspeichers. Beide Analysatoren. Soviel Kaffee wie möglich und irgendwas Leckeres für die ›Zunge‹. In zwei Stunden wird er hier am Tisch sitzen und mit dir über den Sinn des Lebens diskutieren.«

Von unten tönte Wehgeschrei, Gepolter und das Patschen nackter Füße herauf.

»Wo willst du hin?« brüllte Saul. »Auf deinen Platz! Komm her!«

»Der schrubbt ihn ja tüchtig«, meinte Wadim anerkennend. »Wahrscheinlich ist ihm Seife in die Augen geraten. Aber Sauls Intonation ist nicht richtig. Dieses Gebrüll faßt die arme ›Zunge‹ als bittendes Gestammel auf. Der Befehlston klingt so:« Wadim streckte den Hals vor und winselte unerträglich.

»Wie ein Katzenjunges, das man auf den Schwanz getreten hat«, sagte Anton.

»Genau so.«

»Na schön. Du setzt dich in die Steuerzentrale. Ich bring alles hin.«

Wadim musterte Anton aufmerksam.

»Du bist ja ausgequetscht wie eine Zitrone, mein Lieber«, sagte er.

»Ein bißchen schon. Deine Verwundung war nicht sehr ernst, aber ich bin ganz schön erschöpft. Was meinst du wohl, wie einen das mitnimmt!«

»Leg dich schlafen. Ich komme allein zurecht. Saul wird mir alles bringen.«

»Nichts da«, erwiderte Anton. »Das ist meine Sache. Hau schon ab. Triff deine Vorbereitungen.«

Wadim stand auf.

»Trotzdem empfehl ich dir, dich schlafen zu legen.« Er ging zur Steuerzentrale, blieb jedoch plötzlich stehen. »Haben sie die Kleidungsstücke genommen?«

Im ersten Moment verstand Anton die Frage nicht, dann antwortete er: »Ich muß gestehen, ich erinnere mich nicht. Jedenfalls waren sie sehr unzufrieden mit uns.«

»Ist das ein Kuddelmuddel!« sagte Wadim. »Ich versteh überhaupt nichts. Warum ist er bloß mit dem Schwert auf mich losgegangen?«

Kopfschüttelnd betrat er die Steuerzentrale. Anton nickte sofort ein. Er träumte, er gehe in die Küche, koche eine Unmenge Kaffee und bringe die Kaffeekanne samt Konserven in die Steuerzentrale, Wadim sei jedoch sehr beschäftigt und knurre ihn an. Darauf gehe er in seine Kabine, suche, gegen die Müdigkeit ankämpfend, das Programm für den Rückflug aus, gerate aber immer wieder an die alten Programme seiner früheren Reisen. Dann wurde er von Saul geweckt.

»Hier ist er«, sagte der.

Vor Anton stand ein wohlproportionierter hellhäutiger, schwarzäugiger junger Bursche in Turnhose und Tetrakanäthylen-Kutte, der einen verängstigten Eindruck machte.

»Sieht er nicht gut aus?« fragte Saul spöttisch.

Anton lachte.

»Eine schöne Rasse«, sagte er. »Sei gegrüßt, jüngster Bruder!«

Der jüngste Bruder sah Anton mit angstgeweiteten Augen an.

»Das hier hat er unter seinem Pelz gehabt«, sagte Saul und legte ein festes Päckchen auf den Tisch.

Der Gefangene streckte die Hand danach aus.

»Naa!« sagte Saul drohend. »Schon wieder? Ich werde dir gleich helfen!«

Der Gefangene zog den Kopf ein. Offensichtlich war er mit Sauls Intonation schon vertraut. Anton nahm das Päckchen, betrachtete es von allen Seiten und öffnete es. In einem Etui aus feinstem Leder lagen ein zusammengefaltetes Blatt Papier, eine Art Zeichnung und mehrere blutige Tamponpflaster.

»Begreifen Sie?« sagte Saul. »Das haben sie den Verwundeten abgerissen.«

Anton biß die Zähne zusammen. »Das ist sicher ein Bericht«, sagte er nach einer Weile. »Über unser Erscheinen. Wadim!« rief er.

Plötzlich fing der Gefangene an zu reden. Er sprach schnell, schlug sich dabei mit den flachen Händen an die Brust, und aus seiner Miene sprachen Angst und Verzweiflung, was in seltsamem Gegensatz zu seinem schroffen und sogar spöttisch klingenden Tonfall stand. Wadim kam herein, blieb hinter dem Gefangenen stehen und hörte ihm aufmerksam zu. Schließlich verstummte der Gefangene und bedeckte sein Gesicht mit den Händen.

»Sieh mal, Wadim«, sagte Anton und reichte ihm das Blatt.

»Oh, ein Brief!« rief Wadim. »Bestens. Das erspart mir viel Arbeit!«

Er nahm den Gefangenen beim Ärmel und führte ihn in die Steuerzentrale; dabei betrachtete er das Blatt. Der Gefangene trottete ergeben hinter ihm her.

Saul studierte unterdessen die Zeichnung. »Ich bin ja kein Fachmann«, sagte er, »aber meiner Meinung nach ist das eine genaue Skizze vom Innern jenes Tanks in der Grube.«

Er warf Anton die Zeichnung hin. Sie war sehr akkurat mit blauer Farbe angefertigt, doch wies das Papier eine Menge schmutziger Fingerspuren auf. Es war eine Skizze von der Schaumkellen-Kabine. Verschiedene Öffnungen waren durch grob gemalte kleine Kreuze markiert, andere einfach durchgestrichen. Anton gähnte und rieb sich die Augen. Sieh einer an! dachte er müde. Ausgezeichnete Skizzen machen die Sklavenhalter.

»Hören Sie, Kommandant«, sagte Saul, »gehen Sie schlafen. Solange unser Linguist nicht fertig ist, werden Sie hier sowieso nicht gebraucht.«

»Meinen Sie?«

»Ich bin sicher.«

Aus der Steuerzentrale forderte Wadim: »Kaffee und eine Büchse Konfitüre.«

»Sofort!« rief Saul. »Gehen Sie, Anton«, sagte er.

»Kommt nicht in Frage«, entgegnete Anton. »Ich bleibe hier.«

Er schloß die Augen und gab den Widerstand auf. Er schlief unruhig, wurde oft wach und schlug die Augen auf. Dabei sah er Saul auf Zehenspitzen vorübereilen, in der einen Hand eine leere Konservenbüchse, in der anderen eine Kaffeekanne. Beim nächsten Mal lief Saul mit einem vollgestellten Tablett in die Steuerzentrale, und in der Messe roch es nach Tomate. Später saß Saul am Tisch, sog nachdenklich an seiner leeren Pfeife und betrachtete Anton aufmerksam. Von oben aus der Steuerzentrale waren monotone Stimmen zu hören. »Su-u ... Mu-u ... Bu-u ...«, sagte Wadim, und mechanisch wiederholte eine Stimme: »Su-u ... Mu-u ... Bu-u ... Arbeiten – ka-ro-su-u ... Arbeiter – ka-ro-bu ... Arbeiter werden – ka-ro-mu-u ...« Wieder übermannte Anton der Schlaf und verflüchtigte sich. »Strahlender ... großer und mächtiger Fels ... idai-chikari ... tika-udo ...«, tönte Wadims Stimme geheimnisvoll, und die greinende Stimme des Gefangenen korrigierte: »Tiko-o ... udo-o ...«

»Saul!« rief Wadim. »Kaffee!«

»Schon die dritte Kanne!« brummte Saul ungehalten.

Schließlich erwachte Anton mit dem Gefühl, nicht mehr müde zu sein. Saul war nicht im Raum. Mit stockheiserer Stimme bemühte sich Wadim oben, die Worte »Sorinaka-bu ... torunaka-bu ... saponuri-su ...« auszusprechen, worauf der Gefangene irgend etwas zurückbrummte. Anton warf einen Blick auf die Uhr. Es war drei Uhr morgens Ortszeit. Der Strukturelle schafft sich! dachte Anton. Auf einmal wurde er ungeduldig. Es war Zeit, Schluß zu machen.

»Wadim!« rief er. »Wie sieht's aus?«

»Hast du ausgeschlafen?« rief Wadim heiser zurück. »Wir haben auf dich gewartet. Gleich kommen wir.«

Saul streckte den Kopf aus seiner Kabine.

»Ist es schon soweit?« erkundigte er sich. Rauch quoll aus dem Türspalt.

»Kommen Sie rein, Saul«, sagte Anton. »Es geht gleich los.«

Saul nahm in einem der Sessel Platz und warf die Skizze auf den Tisch. Aus der Steuerzentrale stieg auf unsicheren Beinen der Gefangene herunter; seine Wangen waren mit Konfitüre beschmiert. Unten angekommen, starrte er, ohne die beiden Anwesenden zu beachten, mit dem Ausdruck hündischer Ehrerbietung nach oben, wo Wadim mit einem großen glänzenden Kasten auftauchte, dem Zusatzanalysator. Wadim stellte den Analysator auf den Tisch und ließ sich mit triumphierender Miene in einen Sessel fallen.

»Ich bin ein Genie!« verkündete er heiser. »Ein kluger Kopf! Ein großer und mächtiger Fels! Chikari-tiko-udo!«

Bei diesen Worten hörte der Gefangene auf, sich die Finger abzulecken, und faltete die Hände ehrfürchtig vor der Brust.

»Stimmt's?« rief Wadim und streckte die Hand gegen ihn aus. Dann trug er vor:

»Darum ist für alle Fälle
hier an Bord ein Spezialist.
Groß und mächtig und auch helle –
struktureller Linguist.«

Anton betrachtete amüsiert Wadim und den Gefangenen. Von ihren Schläfen standen die kleinen gelben Hörner der Mnemokristalle ab, was beiden das Aussehen harmloser junger Teufel verlieh. Der Gefangene glich allerdings mehr einem Kalb. Saul, der an seiner Pfeife sog, schmunzelte ebenfalls.

»Ich möchte vorausschicken«, erklärte Wadim, »daß man ihm keine abstrakten Fragen stellen darf. Sein Horizont ist äußerst beschränkt. Sein Bildungsstand entspricht dem der zweiten Klasse.« Er erhob sich und verteilte je ein Paar Mnemokristalle an Anton und Saul. »Er denkt ausschließlich konkret.« Nun wandte er sich an den Gefangenen. »Ringa chossi-mu?«

Willst du Konfitüre? verstand Anton.

Die »Zunge« grinste unterwürfig und faltete abermals die Hände vor der Brust.

»Seht ihr?« sagte Wadim. »Er will wieder Konfitüre. Aber er soll warten. Laßt uns anfangen.«

Anton zögerte. Ihm wurde plötzlich wieder bewußt, daß er nicht die geringste Ahnung hatte, wie es weitergehen sollte. Wadim und Saul sahen ihn erwartungsvoll an. Der Gefangene trat ängstlich von einem Fuß auf den anderen.

»Wie heißen Sie?« fragte Anton sanft. Ihm mißfiel, daß der Gefangene sich noch immer unsicher fühlte und zweifellos Angst verspürte.

Der Gefangene sah ihn verwundert an. »Chaira«, antwortete er und hörte auf, von einem Fuß auf den anderen zu treten.

Aus dem Geschlecht der Hügel, verstand Anton.

»Sehr angenehm!« erwiderte er. »Und ich heiße Anton.«

Die Verwunderung in Chairas Miene nahm zu.

»Sagen Sie bitte, Chaira, als was arbeiten Sie?«

»Ich arbeite nicht. Ich bin Krieger.«

»Es kränkt Sie wahrscheinlich, daß wir Ihnen gegenüber Gewalt angewendet haben«, sagte Anton. »Sie dürfen uns das nicht übelnehmen. Wir hatten keine andere Wahl.«

Der Gefangene stemmte einen Arm in die Seite, zog verächtlich die Mundwinkel herab und blickte an Anton vorbei. Saul räusperte sich vernehmlich und trommelte mit den Fingern auf den Tisch.

»Sie brauchen keine Angst zu haben«, fuhr Anton fort. »Wir tun Ihnen nichts.«

Das Gesicht des Gefangenen nahm einen hochmütigen Ausdruck an. Er schaute sich um, trat zwei Schritte zur Seite und setzte sich mit gekreuzten Armen auf den Fußboden. Er gewöhnt sich ein, dachte Anton. Das ist gut. Wadim, der es sich in seinem Sessel bequem gemacht hatte, verfolgte das Ganze selbstgefällig. Saul hörte auf, mit den Fingern zu trommeln, und klopfte statt dessen mit der Pfeife auf den Tisch.

»Wir möchten Ihnen nur ein paar Fragen stellen«, fuhr Anton lebhaft fort, »weil wir unbedingt wissen müssen, was hier vorgeht.«

»Konfitüre«, sagte Chaira mit unangenehmer Stimme. »Und zwar schnell.«

Wadim lachte schallend.

Anton wurde rot und sah sich nach Saul um. Der erhob sich mit unbewegter, gelangweilter Miene.

»Warum bringt mir keiner Konfitüre?« fragte Chaira. »Alle sollen still sein, bis ich Fragen stelle. Und man soll Konfitüre und eine Decke bringen, weil ich sonst zu hart sitze.«

Hierauf herrschte Schweigen. Wadim hatte aufgehört zu lachen und sah den Analysator zweifelnd an.

»Do you think, we shold better bring him some jam?«[1] fragte Anton verwirrt.

Ohne zu antworten, näherte sich Saul langsam dem Gefangenen, der mit steinernem Gesicht dasaß.

»You have taken a wrong way, boys«, sagte Saul zu den beiden anderen. »It won't pay with SS-men.« Seine Hand senkte sich sacht auf Chairas Nacken. Chairas Gesicht ließ Unruhe erkennen. »He is a pithecanthropus, that's what he is«, fuhr Saul sanft fort. »He mistakes your soft handling for a kind of weakness.«[2]

»Saul, Saul!« sagte Anton beunruhigt.

»Speak but English«,[3] ermahnte ihn Saul rasch.

»Wo bleibt die Konfitüre?« fragte der Gefangene unsicher.

Saul stellte ihn mit einem kräftigen Ruck auf die Beine. Auf Chairas steinernem Gesicht malte sich Bestürzung. Saul ging langsam um ihn herum und musterte ihn von Kopf bis Fuß. Ist das eine Szene! dachte Anton angewidert. Saul zeigte sich nicht gerade von der angenehmen Seite. Chaira hatte wieder die Hände auf der Brust gefaltet und lächelte unterwürfig. Nachdem Saul gemächlich in seinen Sessel zurückgekehrt war, blickte Chaira nur noch ihn an. In der Messe herrschte Totenstille.

Saul stopfte seine Pfeife und warf von Zeit zu Zeit einen finsteren Blick auf Chaira.

»Now I interrogate«, sagte er. »And you don't interfere. If you

[1] »Was meint ihr: Sollten wir ihm doch lieber Konfitüre holen?«

[2] »Ihr habt eine falsche Methode angewandt, Jungs.« ... »Bei SS-Typen verfängt das nicht.« ... »Das ist doch ein Pithekanthropus.« ... »Der hält eure sanfte Behandlung für Schwäche.«

[3] »Sprechen Sie nur englisch.«

choose to talk to me, speak Englisch.«[1]

»Agreed«,[2] erwiderte Wadim und schaltete etwas am Analysator um. Anton nickte.

»What did you do to that box?«[3] erkundigte sich Saul mißtrauisch.

»Took measures«, antwortete Wadim. »We don't need him to learn English as well, do we?«[4]

»Okay«, versetzte Saul und zündete seine Pfeife an. Chaira beobachtete ihn furchtsam und suchte dem Tabaksqualm auszuweichen.

»Name?« fragte Saul finster.

Der Gefangene zuckte zusammen und duckte sich.

»Chaira.«

»Stellung?«

»Lanzenträger, Wächter.«

»Wie heißt der Vorgesetzte?«

»Kadaira.«

Aus dem Geschlecht der Wirbelwinde, verstand Anton.

»Rang des Vorgesetzten?«

»Träger eines ausgezeichneten Schwertes. Befehlshaber der Wache.«

»Wieviel Wächter sind im Lager?«

»Zwanzig.«

»Wieviel Menschen befinden sich in den Hütten?«

»In den Hütten befinden sich keine Menschen.«

Anton und Wadim wechselten einen Blick. Unbewegt fragte Saul weiter: »Wer wohnt in den Hütten?«

»Verbrecher.«

»Sind Verbrecher keine Menschen?«

Chairas Miene drückte ehrliches Befremden aus. Statt einer Antwort lächelte er unsicher.

»Na schön. Wieviel Verbrecher befinden sich im Lager?«

»Sehr viele. Niemand zählt sie.«

»Wer hat die Verbrecher hierhergeschickt?«

Der Gefangene redete lange und hitzig, doch Anton verstand nur:

[1] »Jetzt führe ich das Verhör.« . . . »Und ihr redet mir nicht drein. Wenn ihr mir etwas sagen wollt, sprecht englisch.«

[2] »Einverstanden.«

[3] »Was haben Sie mit dem Kasten gemacht?«

[4] Vorsichtsmaßnahmen getroffen.« . . . »Wir brauchen ihm ja nicht auch noch Englisch beizubringen, nicht wahr?«

»Die hat der Große und Mächtige Fels hierhergeschickt, die glänzende Schlacht, mit dem Fuß am Himmel, der lebt, bis die Maschinen verschwinden.«

»Donnerwetter!« sagte Saul. »Sie kennen den Begriff ›Maschinen‹!«

»Nein«, versetzte Wadim, »ich bin es, der den Begriff ›Maschinen‹ kennt. Sie denken dabei an die Fahrzeuge in der Grube und auf der Chaussee. Und der Große und so weiter, das ist wahrscheinlich der hiesige Herrscher.«

Der Gefangene lauschte dem Dialog mit dem Ausdruck dumpfer Verzweiflung.

»Na schön«, sagte Saul. »Fahren wir fort. Worin besteht die Schuld der Verbrecher,«

Der Gefangene wurde lebhaft und redete abermals lange und viel, und wieder verstand Anton vieles nicht.

»Es gibt Verbrecher, die den Großen und Mächtigen Fels absetzen wollten. Es gibt Verbrecher, die sich fremde Sachen genommen haben. Es gibt Verbrecher, die Menschen getötet haben. Es gibt Verbrecher, die Ungewöhnliches wollten ...«

»Natürlich. Und wer hat die Wächter hierhergeschickt?«

»Der Große und Mächtige Fels mit dem Fuß auf der Erde.«

»Wozu?«

Der Gefangene schwieg.

»Ich frage, was die Wächter hier zu tun haben!«

Der Gefangene hüllte sich wieder in Schweigen und schloß sogar die Augen.

Saul schnaufte grimmig.

»So! Und was tun die Verbrecher hier?«

Der Gefangene schüttelte den Kopf, ohne die Augen zu öffnen.

»Rede!« brüllte Saul so laut, daß Anton zusammenzuckte. Kommission für Kontakte, wo bist du? dachte er.

Der Gefangene stöhnte kläglich.

»Sie töten mich, wenn ich es erzähle.«

»Du wirst getötet, wenn du es nicht erzählst«, versprach ihm Saul. Er holte sein Federmesser aus der Tasche und klappte es auf. Der Gefangene fing an zu zittern.

»Saul!« mahnte Anton. »Stop it.«[1]

Saul begann mit dem Messer seine Pfeife zu reinigen.

[1] »Hören Sie auf!«

»Stop what?«[1] fragte er.

»Die Verbrecher bringen die Maschinen dazu, sich zu bewegen«, sagte Chaira kaum vernehmlich. »Und die Wächter passen auf.«

»Worauf passen sie auf?«

»Wie sich die Maschinen bewegen.«

Saul griff nach der Zeichnung und hielt sie dem Gefangenen vor die Nase.

»Erzähl alles«, sagte er.

Chaira erzählte lange und verworren. Saul trieb ihn immer wieder an und korrigierte ihn. Das Ganze lief offensichtlich darauf hinaus, daß die örtlichen Machthaber versuchten, hinter das Geheimnis der Steuerung dieser Fahrzeuge zu kommen. Dabei wandten sie geradezu barbarische Methoden an. Sie zwangen die Verbrecher, ihre Finger in die Öffnungen zu stecken, auf die Knöpfe und Tasten zu drücken oder mit den Händen in die Motoren zu fassen, und beobachteten, was dabei passierte. Meist geschah überhaupt nichts. Oft aber explodierten die Fahrzeuge. Seltener setzten sie sich in Bewegung und zerquetschten oder verstümmelten alles ringsum. Und nur ganz selten gelang es, die Wagen zum geregelten Fahren zu bringen. Während dieser Arbeit hielten sich die Wächter in einiger Entfernung von dem zu untersuchenden Fahrzeug, und die Gefangenen mußten zwischen ihnen und dem Fahrzeug hin und her laufen und berichten, in welches Loch sie ihren Finger stecken oder auf welchen Knopf sie drücken würden. Das alles wurde sorgfältig in Skizzen eingetragen.

»Wer fertigt die Skizzen an?«

»Ich weiß nicht.«

»Das glaube ich. Und wer bringt sie?«

»Die großen Befehlshaber auf den Vögeln.«

»Damit meint er die Vögelchen, die wir vorhin kennengelernt haben«, erläuterte Wadim. »Wahrscheinlich werden sie hier gezähmt.«

»Wer braucht die Maschinen?«

»Der Große und Mächtige Fels, die glänzende Schlacht, mit dem Fuß am Himmel, der lebt, bis die Maschinen verschwinden.«

»Was macht er mit den Maschinen?«

»Wer?«

»Der Fels.«

[1] »Womit soll ich aufhören?«

Auf dem Gesicht des Gefangenen malte sich Verwirrung.

»Das ist doch ein Titel, Saul«, sagte Wadim. »Nennen Sie ihn vollständig.«

»Also gut. Was macht der Große und Mächtige Fels, mit dem Fuß am Himmel ... oder auf der Erde? Verdammt noch mal, ich weiß es nicht mehr ... der lebt, bis ... nun ...«

»... bis die Maschinen verschwinden«, soufflierte Wadim.

»So ein Blödsinn!« schimpfte Saul. »Was haben die Maschinen damit zu tun?!«

»Das ist ein Titel, ein Symbol der Ewigkeit«, erklärte Wadim.

»Hören Sie, Wadim. Fragen Sie ihn doch, was er mit den Maschinen macht.«

»Wer?«

»Na, der Fels – hol ihn der Teufel!«

»Sagen Sie einfach: der Große und Mächtige Fels«, schlug Wadim vor.

Saul holte tief Luft und legte die Pfeife auf den Tisch.

»Was also macht der Große und Mächtige Fels mit den Maschinen?«

»Niemand weiß, was der Große und Mächtige Fels macht«, entgegnete der Gefangene würdevoll.

Da konnte Anton nicht mehr an sich halten und brach in schallendes Gelächter aus. Auch Wadim lachte, daß er sich an den Armlehnen festhalten mußte. Der Gefangene blickte sie ängstlich an.

»Von wo kommen die Skizzen?«

»Von jenseits der Berge.«

»Was ist jenseits der Berge?«

»Die Welt.«

»Wieviel Menschen gibt es in der Welt?«

»Sehr viele. Man kann sie nicht zählen.«

»Wer bringt die Maschinen her?«

»Die Verbrecher.«

»Von woher?«

»Von der festen Straße. Dort gibt es sehr viele Maschinen.« Der Gefangene überlegte eine Weile und fügte dann hinzu: »Man kann sie nicht zählen.«

»Wer macht die Maschinen?«

Chaira lächelte verwundert.

»Die Maschinen macht niemand. Die Maschinen sind da.«

»Wo kommen sie her?«

Chaira hielt eine förmliche Rede. Er rieb sich das Gesicht, strich sich über die Seiten und blickte zur Decke empor; er rollte mit den Augen und fing zeitweilig sogar zu singen an. Aus seinen Worten ging ungefähr folgendes hervor:

Vor langer, langer Zeit, als noch niemand auf der Welt war, fielen vom roten Mond große Behälter herab. In den Behältern war Wasser. Es war fettig und klebrig wie Konfitüre. Auch so dunkelrot wie Konfitüre war es. Zuerst baute das Wasser eine Stadt. Dann machte es zwei Löcher in die Erde und füllte diese Löcher mit dem Rauch des Todes. Dann wurde das Wasser zu einer festen Straße zwischen den Löchern, und aus dem Rauch wurden Maschinen geboren. Seitdem bringt der eine Rauch die Maschinen hervor, und der andere verschlingt sie wieder. Und so wird es immer sein.

»Nun, das wissen wir auch ohne dich«, sagte Saul. »Und wenn die Verbrecher die Maschinen nun nicht in Bewegung setzen wollen?«

»Dann werden sie getötet.«

»Von wem?«

»Von den Wächtern.«

»Hast du auch welche getötet?«

»Ich habe drei getötet«, verkündete Chaira stolz.

Anton schloß die Augen. Dieses Jüngelchen! dachte er. Dieses nette, sympathische Jüngelchen! Und brüstet sich noch damit!

»Wie hast du sie denn getötet?« erkundigte sich Saul.

»Den einen hab ich mit dem Schwert getötet. Ich wollte meinem Vorgesetzten beweisen, daß ich einen Körper mit einem Hieb spalten kann. Jetzt weiß er, daß ich's kann. Den zweiten hab ich mit der Faust getötet. Und beim dritten hab ich befohlen, daß sie ihn mir auf die Lanze werfen.«

»Wem hast du das befohlen?«

»Den übrigen Verbrechern.«

Eine Zeitlang schwieg Saul.

»Es ist langweilig«, sagte der Gefangene. »Ein stolzer, aber langweiliger Dienst. Keine Frauen. Keine vernünftige Unterhaltung. Es ist langweilig«, wiederholte er und seufzte.

»Warum laufen die Verbrecher nicht weg?«

»Sie laufen weg. Sollen sie ruhig, In der Ebene sind der Schnee und die Vögel. Und in den Bergen sind die Wachen. Wer klug ist, läuft nicht weg. Alle wollen doch leben.«

»Warum haben einige goldene Fingernägel?«

»Die waren einmal sehr reich«, sagte der Gefangene im Flüsterton: »Aber sie wollten Ungewöhnliches, und manche haben sogar versucht, den Großen und Mächtigen Fels abzusetzen. Sie sind widerwärtig wie Aas«, sagte er laut. »Der Große und Mächtige Fels, die glänzende Schlacht, schickt sie mit all ihren Verwandten hierher. Außer Frauen«, fügte er bedauernd hinzu.

»Ich hätte große Lust, erst ihn und danach die übrigen Träger von Schwertern und Lanzen aufzuhängen«, sagte Saul. »Aber leider wäre das zwecklos.« Er stopfte erneut seine Pfeife. »Ich habe keine Fragen mehr. Fragt ihr weiter, wenn ihr wollt.«

»Uns darf man nicht aufhängen«, sagte der blaß gewordene Chaira rasch. »Der Große und Mächtige Fels mit dem Fuß am Himmel wird euch grausam bestrafen.«

»Auf den Großen und Mächtigen würde ich pfeifen«, entgegnete Saul und zündete sich seine Pfeife an. Seine Finger zitterten. »Habt ihr noch Fragen zu stellen oder nicht?«

Anton schüttelte den Kopf. Noch nie in seinem Leben hatte er einen derartigen Ekel verspürt. Wadim trat zu Chaira und riß ihm die Mnemokristalle von den Schläfen.

»Was wollen wir tun?« fragte er.

»So ist der Mensch«, sagte Saul nachdenklich. »Auf dem Weg zu euch muß er durch all das und vieles andere mehr hindurchgehen. Wie lange wird er noch eine Bestie bleiben, nachdem er sich auf die Hinterbeine erhoben und Arbeitswerkzeuge in die Hände genommen hat? Die hier kann man noch entschuldigen, sie haben keine Ahnung von Freiheit, Gleichheit und Brüderlichkeit. Das steht ihnen alles noch bevor. Auch sie werden die Zivilisation mit Gaskammern retten. Ebenso wie ihnen noch bevorsteht, Spießer zu werden und ihre Welt an den Rand des Verderbens zu bringen. Und trotzdem bin ich zufrieden. In dieser Welt hier herrscht das Mittelalter, das liegt klar auf der Hand. Diese ganze Titelsucht, die pompösen, hochtrabenden Phrasen, die goldenen Fingernägel, die Unwissenheit . . . Doch schon heute gibt es hier Menschen, die Ungewöhnliches wollen. Wie schön – ein Mensch, der Ungewöhnliches will! Und diesen Menschen fürchtet man natürlich. Diesem Menschen steht ebenfalls ein langer Weg bevor. Man wird ihn auf dem Scheiterhaufen verbrennen, ihn kreuzigen, ihn hinter Schloß und Riegel und später hinter Stacheldraht sperren. Jawohl.« Er schwieg eine Weile und rief dann: »Wer hat sie geheißen, von Maschinen Besitz zu ergreifen, ohne auch nur die geringste Ahnung davon zu haben! Könnt ihr euch das vorstellen? Was für ein kühner Geist war das! Heutzutage würde man ihn natürlich in ein Lager sperren. Heute ist das alles Routine, so etwas wie ein Ritus zu Ehren mächtiger Ahnen. Heute weiß wahrscheinlich niemand und will es auch gar nicht wissen, wozu das alles nötig ist. Es sei denn als Grund für die Schaffung eines Todeslagers. Einstmals aber war das eine Idee.«

Er verstummte und sog so stark an seiner Pfeife, daß sie röchelte.

»Warum so pessimistisch, Saul?« sagte Anton. »Sie müssen nicht unbedingt durch die Zeit der Gaskammern und dergleichen mehr hindurchgehen. Wir sind doch bereits hier.«

»Wir!« Saul lächelte ironisch. »Was können wir schon ausrichten! Wir sind hier zu dritt, und alle wollen wir aktiv Gutes bewirken. Was aber können wir tun? Ja, gewiß, wir könnten uns als Parlamentäre der Vernunft zum Großen Fels begeben und ihn bitten, von der Sklaverei abzulassen und dem Volk die Freiheit zu geben. Dann wird man uns greifen und in die Grube befördern. Wir könnten weiße Mäntel anziehen und uns unters Volk mischen. Sie, Anton, werden Christus sein, Sie, Wadim, der Apostel Paulus, und ich werde natürlich Thomas sein. Dann verkündigen wir den Sozialismus und vollbringen vielleicht sogar etliche Wunder. So etwas in der Art des Null-Transports. Die hiesigen Pharisäer werden uns pfählen, und die Menschen, die wir retten wollten, werden uns johlend mit Kot bewerfen.« Er stand auf und wanderte um den Tisch herum. »Gewiß, wir haben den Scorcher. Wir könnten zum Beispiel die Wächter töten, die Nackten zu einer Kolonne formieren und uns den Weg durch die Berge erzwingen, dann die Suzeräne und ihre Vasallen samt ihren Schlössern und pompösen Titeln verbrennen; danach werden sich die Städte der Pharisäer in schwelende Trümmerhaufen verwandeln, uns aber wird man auf die Lanzen spießen oder hinterrücks ermorden, und im Lande wird ein einziges Chaos herrschen, aus dem irgendwelche Sadduzäer hervorgehen werden. Das ist das einzige, wozu wir imstande wären.«

Er setzte sich wieder. Anton und Wadim lächelten.

»Wir sind nicht bloß drei«, protestierte Anton. »Wir sind zwanzig Milliarden. Wahrscheinlich zwanzigmal mehr, als auf diesem Planeten leben.«

»Na und?« entgegnete Saul. »Sind Sie sich klar darüber, was Sie da tun wollen? Sie wollen gegen die Gesetze der gesellschaftlichen Entwicklung verstoßen! Wollen den natürlichen Verlauf der Geschichte ändern! Wissen Sie aber, was Geschichte ist? Das ist die Menschheit selbst! Und man kann nicht der Geschichte das Rückgrat brechen, ohne auch der Menschheit das Rückgrat zu brechen.«

»Niemand hat die Absicht, Rückgrate zu brechen«, versetzte Wadim. »Es hat Zeiten gegeben, da ganze Volksstämme und Staaten im Verlauf der Geschichte den Sprung vom Feudalismus in den Sozialismus vollzogen haben, ohne daß irgendwelche Rückgrate dabei gebrochen wurden. Befürchten Sie etwa einen Krieg? Den wird es nicht geben. Zwei Millionen Freiwillige, eine schöne, aufs beste eingerichtete Stadt, die Tore weit geöffnet, bitte näher zu treten! Hier habt ihr Ärzte, hier habt ihr Lehrer, hier habt ihr Ingenieure, Wissenschaftler, Künstler. Wollt ihr's auch so haben wie wir? Na klar! Auch wir wollen das ja. Das Häuflein stinkender Feudalherren gegen eine kommunistische Kolonie! Natürlich läßt sich das nicht von heute auf morgen verwirklichen. Da heißt es schon eine Zeitlang arbeiten; fünf Jahre wird man wohl brauchen . . .«

»Fünf!« rief Saul, die Hände zur Decke erhebend. »Nicht fünfhundertfünfundfünfzig? Ihr seid mir schöne Aufklärer und Volkstümler! Das hier ist ein Planet, versteht ihr? Kein Volksstamm und kein Volk, auch kein Land, sondern ein Planet! Ein ganzer Planet voll Unwissenheit und Morast. Künstler! Wissenschaftler! Und was wollt ihr machen, wenn geschossen werden muß? Und Sie werden schießen müssen, Wadim, wenn schmutzige Mönche Ihre Freundin, die Lehrerin, kreuzigen wollen. Und auch Sie werden schießen müssen, Anton, wenn Spitzbuben mit rostigen Helmen Ihren Freund, den Arzt, mit Knüppeln totschlagen wollen. Dann werdet ihr vertieren und euch aus Kolonisten in Kolonisatoren verwandeln . . .«

»Pessimismus ist eine Lebensauffassung, bei der der Mensch geneigt ist, in allem nur das Schlechte und Unangenehme zu sehen«, zitierte Wadim.

Saul musterte ihn befremdet.

»Sie sollten keinen Scherz damit treiben«, sagte er schließlich. »Das hier ist absolut nicht zum Scherzen. Kommunismus – das ist in erster Linie eine Idee. Und keine simple. Sie ist mit Blut erkauft! Sie läßt sich nicht in fünf Jahren an Hand anschaulicher Beispiele weitervermitteln. Ihr wollt einen geborenen Sklaven, einen eingefleischten Egoisten mit Überfluß überschütten. Wißt ihr, was dabei herauskommen wird? Entweder wird sich eure Kolonie in ein Kindermädchen für fettgewordene Tagediebe verwandeln, die nicht den geringsten Anreiz verspüren, etwas zu tun, oder ein tatkräftiger Schurke findet sich, der euch mit Hilfe eurer eigenen

Gleiter, Scorcher und sonstigen Mittel wieder von diesem Planeten verjagt und sich den ganzen Überfluß unter den Nagel reißt, die Geschichte aber wird trotzdem ihren natürlichen Verlauf nehmen.« Saul öffnete mit einem Ruck den Deckel des Müllschluckers und klopfte grimmig seine Pfeife aus. »Nein, meine Lieben, den Kommunismus muß man sich durch Leiden erkaufen. Für den Kommunismus muß man mit dem da« – er zeigte mit dem Pfeifenstiel auf Chaira –, »mit dem einfachen, beschränkten Burschen kämpfen. Muß kämpfen, ob er nun mit einer Lanze, einer Muskete oder einer ›Schmeisser‹ bewaffnet ist. Und das ist noch nicht alles. Wenn er dann die ›Schmeisser‹ wegwirft, bäuchlings in den Dreck fällt und vor euch kriecht, dann beginnt erst der richtige Kampf! Nicht um ein Stück Brot, sondern um den Kommunismus! Ihr holt ihn aus diesem Dreck heraus, säubert ihn ...«

Saul verstummte und lehnte sich im Sessel zurück.

Wadim kratzte sich nachdenklich im Nacken.

Anton aber sagte: »Sie haben den besseren Überblick, Saul, Sie sind Historiker. Das wird natürlich alles sehr schwierig sein. Wadim hat wie immer leichtfertig drauflosgequatscht. Wadim und ich oder auch wir drei werden diese Aufgabe niemals lösen, auch theoretisch nicht. Aber das eine wissen wir: So etwas hat es noch nicht gegeben, daß die Menschheit sich eine Aufgabe gestellt hat, die sie nicht lösen konnte.«

Saul brummte etwas Unverständliches vor sich hin.

»Wie das konkret geschehen soll ...« Anton zuckte mit den Achseln. »Nun, wenn unbedingt geschossen werden muß, werden wir uns eben daran erinnern, wie das gemacht wurde, und schießen. Aber meiner Meinung nach wird es auch ohne Schießen gehen. Wir könnten zum Beispiel diejenigen, die Ungewöhnliches wollen, zu uns auf die Erde einladen. Beginnen wir mit ihnen. Sie möchten doch bestimmt gerne von hier wegkommen ...«

Saul blickte kurz auf. »Nein«, sagte er. »Aber nicht so. Ein rechter Mensch will nicht von hier fort. Und ein unrechter ...« Er blickte abermals auf und schaute Anton in die Augen. »Ein unrechter hat auf der Erde nichts zu suchen. Wem nützt schon jemand, der in den Kommunismus desertiert ist!«

Alle versanken in Schweigen. Aus irgendeinem Grund hatte Anton auf einmal großes Mitleid mit Saul und bangte um ihn. Saul hatte zweifellos Kummer. Schweren Kummer, der wahrscheinlich ebenso ungewöhnlich war wie er selber, wie seine Worte und

Handlungen.

Mit gespielter Lebhaftigkeit rief Wadim: »Übrigens, das haben wir ja ganz vergessen! Warum sind diese Unterdrückten eigentlich mit dem Schwert auf mich losgegangen? Das müssen wir noch klären.«

Er eilte zu Chaira, dem die Beine vor Müdigkeit und bösen Vorahnungen einknickten, und befestigte erneut die Mnemokristalle an dessen Schläfen.

»Hör mal, Pithekanthropus«, sagte er. »Warum haben uns die Verbrecher, die dich gefahren haben, angegriffen? Lieben sie dich etwa so sehr?«

»Auf Befehl des Großen und Mächtigen Fels«, antwortete Chaira, »der glänzenden Schlacht, mit dem Fuß am Himmel, der lebt, bis die Maschinen verschwinden, bleiben die Verbrecher in der Verbannung, bis die Maschinen verschwinden.«

»Das heißt: für immer«, erklärte Wadim.

»Bringt ein Verbrecher es jedoch fertig, daß sich eine der Maschinen in Bewegung setzt, so wird er begnadigt und hinter die Berge zurückgebracht. Diejenigen, die mich gefahren haben, befanden sich auf dem Heimweg. Sie waren beinahe schon wieder Menschen. Am Schlagbaum sollte ich sie entlassen und durch Vögel ersetzen. Aber sie konnten mich nicht beschützen, obwohl sie die Absicht hatten, weil sie am Leben bleiben wollten. Und jetzt werden sie erstochen.« Er gähnte nervös und setzte hinzu: »Wenn die Sonne aufgegangen ist, sind sie bereits tot.«

Anton sprang auf, daß sein Sessel umstürzte.

»Allmächtiger!« rief Saul und ließ seine Pfeife fallen.

7

Der Lanzenträger aus dem Geschlecht der Hügel wurde zwischen Saul und Anton gesetzt. Er war wieder in seinen Pelz gehüllt, der jetzt nach Desinsektal roch, und verhielt sich still, mit seiner kurzen Nase unruhig schnuppernd. Es war fünf Uhr in der Frühe, eine fahle, frostklare Morgenröte flammte auf, und es herrschte eisige Kälte.

Stumm steuerte Wadim den mit Höchstgeschwindigkeit dahinsausenden Gleiter und dachte nur das eine: Kommen wir noch zurecht oder nicht? Wenn die Ärmsten nur nicht sofort in die

Siedlung zurückgekehrt waren. Doch ihm war klar, daß sie gar keine andere Wahl gehabt hatten. Das war ja ihre einzige Hoffnung auf Rettung, daß sie versuchten, den Anführer der Wache milde zu stimmen, indem sie berichteten, wie heldenhaft sie seinen Abgesandten verteidigt hatten. Diese rohe Bestie wird sie auf der Stelle umbringen! dachte Wadim voll Bitterkeit. Wenn wir nicht rechtzeitig eintreffen. Er malte sich aus, wie sie Chaira vor den dicken Träger eines ausgezeichneten Schwertes führen würden und wie er, Wadim, sagen würde: Kaira-me sorinata-mu karo-sika! – Hier haben Sie Ihren Mann wieder! – und hierauf mit kläglich-winselndem Geheul: Tatimata-ne koris-su! – Wagen Sie ja nicht, diese Freien hier zu töten! Die ganze Zeit über wiederholte er sich diese Sätze in Gedanken, und schließlich hatten sie für ihn jeden Sinn verloren. Das war alles nicht so einfach. Vielleicht mußte erst lange verhandelt werden. Der Träger eines ausgezeichneten Schwertes würde wohl kaum gestatten, daß die Mnemokristalle an seinem ungewaschenen obrigkeitlichen Kopf befestigt wurden. Wadim schielte zu dem glänzenden Analysatorgehäuse hinüber. Wir werden ihn fesseln müssen, dachte er. Ich habe diese vierundzwanzig Kilo also nicht umsonst von der Messe zum Gleiter geschleppt.

»Was stand denn nun in der Botschaft?« erkundigte sich Anton.

Wadim holte das zerknitterte Blatt aus der Tasche und reichte es, ohne sich umzudrehen, über die Schulter nach hinten.

»Ich hab es ein bißchen redigiert«, erklärte er. »Die Übersetzung steht, mit Bleistift geschrieben, zwischen den Zeilen.«

Anton nahm das Blatt und las halblaut: »Dem Strahlenden Rad in goldenen Pelzen, dem Träger des schrecklichen Pfeils und Diener am Thron des Großen und Mächtigen Fels, der glänzenden Schlacht, mit dem Fuß am Himmel, der lebt, bis die Maschinen verschwinden, legt diese Botschaft zu Füßen der unwürdige Wächter aus dem Geschlecht der Wirbelwinde, Träger eines ausgezeichneten Schwertes. Als erstes melde ich: Die große Maschine ›Krieger-Kuppel‹ wurde in Gang gesetzt durch einen Finger in der fünften und einen in der siebenundvierzigsten Öffnung, und sie bewegte sich unaufhaltsam und schnell geradeaus. Als zweites melde ich: Mit einer unbekannten Maschine sind drei hier aufgetaucht, die unsere Sprache nicht sprechen, keine Waffen tragen, die Gesetze nicht kennen und Ungewöhnliches wollen. Da ich nicht weiß, was sie im Schilde führen, verbleibe ich in Erwartung höherer Befehle. Als drittes melde ich: Die Kohle geht zu Ende, und mit Leichen zu heizen, wie Ihr es uns allergnädigst geraten habt, verstehen wir nicht aus Unwissenheit und Beschränktheit. Ferner füge ich bei: als erstes eine Skizze der großen Maschine ›Krieger-Kuppel‹ und als zweites: Muster der Gewebe, die die Unbekannten auf die Wunden der Verbrecher geklebt haben.« – »Tja, also nichts Neues«, stellte Anton fest.

»Feudalismus reinsten Wassers«, bemerkte Saul. »Ihr solltet keine großen Umstände mit ihnen machen, sonst spießen sie euch gleich auf ihre Lanzen.«

Nein, dafür bin ich auch nicht, dachte Wadim. Und natürlich nicht nur wegen der Lanzen. Plötzlich rutschte der Gefangene auf seinem Platz hin und her und bat mit rauher Baßstimme unterwürfig: »Ringa.«

»Sentu!« kreischte Wadim.

Der Gefangene erstarrte.

»Er bittet schon wieder um Konfitüre«, erklärte Wadim.

»Da wird er sich gedulden müssen«, versetzte Saul. »Fressen und saufen und sich raufen ...«

»Keine Angst!« sagte Wadim. »Wir bringen ihn noch so weit, daß er Ungewöhnliches will.«

»Wadim«, bat Anton, »gib mir doch mal ein Paar Kristalle. Ich möchte mit ihm reden.«

»In der kleinen Tasche rechts«, erwiderte Wadim, ohne sich umzuwenden.

»Hör mal, Chaira«, sagte Anton. »Wenn wir dich in die Siedlung zurückbringen, wird dein Vorgesetzter dann die Freigelassenen, die dich verteidigt haben, wieder freigeben?«

»Ja«, antwortete Chaira rasch. »Bringt ihr mich denn in die Siedlung zurück?«

»Natürlich bringen wir dich zurück«, erwiderte Anton. »Wir wollen dich doch nicht töten.«

Wadim blickte über die Schulter zurück. Chaira nahm eine würdevolle Haltung an.

»Mein Vorgesetzter ist streng«, erklärte er. »Mein Vorgesetzter wird sie vielleicht nicht freigeben, sondern wieder in die Grube zurückschicken. Ihr aber könnt auf Gnade hoffen. Womöglich läßt er euch sogar wieder ziehen, wenn ihr ihm wertvolle Geschenke überreicht. Habt ihr wertvolle Geschenke?«

»Ja«, antwortete Anton zerstreut. »Wir haben alles.«

»Was sagt er?« brummte Saul. »Wadim, wo sind meine Kristalle?

Ach, hier sind sie ja.«

»Vielleicht müssen wir sie tatsächlich loskaufen«, meinte Anton nachdenklich. »Wir wollen es doch nicht zu einer Auseinandersetzung kommen lassen. Ich möchte das auf keinen Fall.«

Chaira redete weiter, und seine Stimme klang bestimmt und kreischend. »Mir aber gebt ihr die Jacke da« – er zeigte mit dem Finger auf Sauls Kutte – »und den Kasten da« – er wies auf den Analysator – »und die ganze Konfitüre. Man wird euch sowieso alles wegnehmen, bevor man euch in die Hütten schickt. Euer Entschluß, es zu keiner Auseinandersetzung kommen zu lassen, ist ganz richtig. Unsere Lanzen sind spitz und mit Widerhaken versehen, die ziehen dem Feind die Eingeweide heraus. Außerdem nehm ich noch die Schuhe hier. Und die da auch. Denn alles zwischen Erde und Himmel gehört dem Großen und Mächtigen . . . Und das da nehm ich auch.«

Chaira verstummte besorgt. Wadim drehte sich belustigt nach ihm um. Anton blickte nachdenklich aus dem Fenster – anscheinend hörte er gar nicht zu. Chaira saß mit gekreuzten Beinen auf dem Fußboden und betrachtete seine Stiefel. Saul, der sich einen der Kristalle an die Schläfe hielt, starrte Chaira wütend an. Als er Wadims Blick gewahrte, lächelte er böse.

»Wenn ihr ausgezogen werdet«, fuhr Chaira belehrend fort, »vergeßt nicht zu sagen, daß das da und das da und das da« – er zeigte mit dem Finger darauf – »mir gehört. Ich bin der erste.«

»Halt's Maul!« sagte Saul leise.

»Halt's selber«, entgegnete Chaira würdevoll. »Oder wir schlagen dich mit Knüppeln tot.«

»Saul!« mahnte Anton. »Hören Sie auf. Warum benehmen Sie sich wie ein Kind!«

»Ja, er ist nicht bei Verstand«, sagte Chaira. »Aber seine Kutte ist gut.«

Er bildet sich tatsächlich ein, daß wir in seiner Macht sind, dachte Wadim. Er sieht schon, wie man uns auszieht und in die Grube treibt, wie wir, kotbedeckt, auf dem Erdboden schlafen und zu allem schweigen und wie er uns barfuß durch den Schnee hetzt, mit seiner Lanze sticht und uns ins Gesicht schlägt, damit wir nicht zurückbleiben. Und um uns herum Menschen, die nur an sich denken und einzig davon träumen, mit dem Finger in eben das Loch zu geraten, das die Maschine in Bewegung setzt, worauf man sie, die froh und glücklich sind, vor den Schlitten spannt und barfuß durch den Schnee der Freiheit entgegen hetzt, über verschneite Hügel hinweg, bis an den Sitz des Großen und Mächtigen. – Wadim biß sich schmerzhaft auf die Lippe. Denen werde ich die Suppe versalzen! dachte er haßerfüllt. Ein eigenartiges Gefühl war das – Haß. Ganz kalt wurde ihm innerlich dabei, und alle Muskeln spannten sich. Noch nie zuvor hatte er Haß gegen jemand verspürt. Hinter sich hörte er Saul heftig schnaufen. Chaira summte ein Lied vor sich hin.

Unten tauchte die schmutzige Grube auf. Dort standen allerwärts die Maschinen herum, unsinnige, groteske Werkzeuge der Erniedrigung und des Todes. Ach, ihr Gäste aus dem All! dachte Wadim. Was kann man von euch schon profitieren! Ihr seid ja nicht einmal Humanoide. Wasser vom Himmel . . . Konfitüre . . .

Er ging tiefer, bremste und flog die Straße entlang direkt auf das Haus der Wache zu. Als Chaira die vertrauten Örtlichkeiten gewahrte, brach er in ein Freudengeheul aus, das selbst der starke Analysator nicht mehr aufzunehmen vermochte.

Vor dem Haus wimmelte es von Menschen. Im Schnee, der im Morgenlicht grünlich schimmerte, drängten sich, armselig, zerlumpt, die Köpfe gesenkt, die zwei Dutzend vordem Freigelassenen auf einem Häuflein zusammen. Um sie herum hatten sich, auf ihre Lanzen gestützt, breitbeinig die Wächter in ihren Pelzen postiert. Auf der Freitreppe aber stand, hoch aufragend, der Träger eines ausgezeichneten Schwertes. Das abstehende Ohr dem ausgezeichneten Schwert horchend zugewandt, fuhr er mit dem Daumen über dessen Schneide. Als er den Gleiter auf sich zukommen sah, erstarrte er mit weit aufgerissenem schwarzem Rachen.

Wadim landete den Gleiter dicht vor der Freitreppe, riß das Kabinendach auf und schrie: »Kaira-me sorinata-mu! Tatimata-ne korissu!«

Er kam hinter dem Steuer hervor, packte den Lanzenträger aus dem Geschlecht der Hügel und stellte ihn auf die Stufen der Freitreppe. Der Anführer der Wache ließ das Schwert sinken und klappte hörbar den Mund zu. Chaira duckte sich und eilte mit kleinen Schritten zu ihm.

»Wieso lebst du noch?« erkundigte sich der Anführer erstaunt.

Chaira legte die Hände an die Brust und brubbelte schnellzüngig: »Es ist geschehen, was geschehen sollte. Ich habe ihnen von der Größe und Macht des Großen und Mächtigen Fels, der glänzenden Schlacht, mit dem einen Fuß am Himmel, der lebt, bis die Maschinen verschwinden, erzählt, und da haben sie vor Angst Wasser gelassen. Sie haben mir etwas Leckeres zu essen gegeben und wie Untergebene mit mir gesprochen. Sie sind hierhergekommen, um sich vor dir zu verneigen.«

Die Lanzenträger drängten sich ehrerbietig an der Freitreppe zusammen. Nur die zwei Dutzend Nackte standen immer noch auf derselben Stelle und warteten ergeben auf ihr Schicksal. Langsam und wichtigtuerisch steckte der Anführer sein Schwert in die Scheide. Ohne den Gleiter noch eines Blickes zu würdigen, begann er Chaira gleichmütig und ohne Hast auszufragen.

»Wo wohnen sie?«

»Sie haben ein großes Haus in der Ebene. Es ist sehr warm.«

»Wo haben sie diese Maschine her?«

»Ich weiß nicht. Wahrscheinlich von der Straße.«

»Du hättest ihnen sagen sollen, daß der ganze Himmel und die ganze Erde dem Großen und Mächtigen Fels gehören.«

»Das hab ich ihnen gesagt. Aber ihre Schuhe, die eine Jacke und der glänzende Kasten gehören mir. Vergiß das nachher nicht, Erlauchter und Starker.«

»Du bist ein Narr«, sagte der Anführer verächtlich. »Alles gehört dem Großen und Mächtigen Fels. Du aber bekommst das, was dir gebührt. Wo ist die Botschaft?«

»Sie haben sie mir weggenommen«, antwortete Chaira enttäuscht.

»Ein ausgemachter Dummkopf bist du. Das kostet dich Kopf und Kragen.«

Chaira sank in sich zusammen. Der Anführer blickte zwischen Wadim und Anton hindurch in die Ferne und sagte: »Sie sollen ihre Schuhe zeigen.«

Saul knurrte wütend und ging zum Gleiter.

»Ruhig Blut«, mahnte Anton.

Der Anführer rotzte verdrossen auf die Treppe.

»Was war denn das, was du gegessen hast?« erkundigte er sich.

»Konfitüre. Das heißt, so etwas Ähnliches. Es ist süß und erfreut den Gaumen.«

Der Anführer horchte auf.

»Haben sie viel von dem Zeug?«

»Sehr viel!« rief Chaira enthusiastisch. »Aber befiehl bitte nicht, mich zu schlagen.«

»Ich habe mich entschieden«, sagte der Anführer. »Sie sollen sich nach Hause begeben und die gesamte Konfitüre hierherschaffen. Und auch das ganze andere Essen. Haben sie nicht auch Kohle?«

Chaira blickte Anton fragend an.

»Verlange, daß er diesen Verbrechern die Freiheit gibt!« forderte Anton schroff.

»Was sagt er?« erkundigte sich der Anführer.

»Er bittet darum, daß du diese Verbrecher nicht tötest.«

»Wie kannst du denn verstehen, was er sagt?«

Chaira zeigte mit beiden Händen auf die Mnemokristallhörer an seinen Schläfen.

»Wenn man das hier an seinem Kopf befestigt, hört man die fremde Sprache und versteht sie wie die eigene.«

»Her damit«, befahl der Anführer. »Das gehört ebenfalls dem Großen und Mächtigen Fels.«

Er nahm Chaira die Mnemokristalle weg und placierte sie nach einigen vergeblichen Versuchen an seiner Stirn.

»Laß auf der Stelle diese Männer laufen, die sich die Freiheit verdient haben«, verlangte Anton sogleich.

Der Anführer blickte ihn erstaunt an.

»So darfst du nicht reden«, sagte er. »Ich verzeihe dir, weil du ein Geringer bist und dich in den Worten nicht auskennst. Los, geh schon. Und bring mir auch den Brief und die Skizze mit.« Er wandte sich an die Lanzenträger, die ihm ehrfürchtig zuhörten, und brüllte: »Was steht ihr noch hier rum, ihr Aasgeier? Ihr braucht nicht an ihren Hosen zu riechen. Der Gestank ist der gleiche bei allen, die sich mit mir unterhalten. An die Arbeit! Treibt diese Kadaver in die Grube. Dalli, dalli!«

Die Lanzenträger trabten, laut schnatternd, die Straße entlang und trieben die Ex-Freigelassenen vor sich her. Der Anführer versetzte Chaira einen freundschaftlichen Klaps aufs Ohr und befahl ihm, sich zu verziehen. Noch unter der Wirkung des Schlages taumelnd, verschwand Chaira in der Tür. Allein geblieben, schaute der Anführer erst zum Himmel empor, dann auf die Hütten, gähnte langanhaltend, warf einen Blick auf den Gleiter, räusperte sich träge und sagte gelangweilt, ohne jemand dabei anzusehen: »Tut, wie ich befohlen habe. Kehrt zu eurem Haus zurück, bringt mir die ganze Konfitüre und alles andere Essen und begebt euch dann in die Grube, wenn euch euer Leben lieb ist.«

Beim Anblick dieses widerwärtigen Riesen verspürte Wadim eine merkwürdige Schwäche in allen Gliedern. Er hatte das gleiche

Gefühl, als wenn er im Traum versuchte, eine glitschige, steile Wand zu erklimmen.

»Paß auf, Wadim«, murmelte Anton neben ihm, »paß gut auf. Das ist kein grüner Junge wie Chaira.«

»Ich halt's nicht mehr aus«, sagte Saul mit merkwürdig ausdrucksloser Stimme. »Ich erwürge ihn gleich.«

»Auf keinen Fall«, erwiderte Anton.

»Brate mir Fleisch, Chaira, du Aasgeier! Und wärme mir mein Bett! Ich bin heute gut aufgelegt!« schrie der Anführer durch die offene Tür. Dann kehrte er dem Gleiter die Seite zu und sagte, auf die Berge blickend, mit erhobenem schmutzigem Zeigefinger: »Jetzt seid ihr noch unvernünftig und vor Furcht wie gelähmt. Aber ihr müßt wissen, daß ihr in Zukunft, wenn ihr mit mir redet, mit gekrümmtem Rücken dastehen und die Handflächen an die Brust legen müßt und daß ihr mich nicht ansehen dürft, weil ihr Geringe seid und euer Blick unrein ist. Heute verzeihe ich euch noch, aber morgen werde ich befehlen, euch mit Lanzenschäften zu verprügeln. Und noch eins müßt ihr euch merken: Die höchste Tugend besteht in Gehorsam und Schweigen.« Er fuhr sich mit dem Zeigefinger in den Mund und begann in den Zähnen zu polken. Seine Aussprache wurde undeutlich. »Wenn ihr mit der Konfitüre, dem Brief und der Skizze zurückkehrt, zieht ihr euch aus und laßt alles hier auf der Treppe liegen. Ich komme nicht extra zu euch raus. Dann begebt ihr euch in die Hütten und zieht einigen Toten das Hemd aus. Zwei Hemden zu nehmen ist verboten.« Plötzlich wieherte er los. »Sonst könntet ihr bei der Arbeit ins Schwitzen kommen. Ihr könnt auch Lebenden das Hemd wegnehmen, aber nur solchen, die goldene Fingernägel haben.«

Durch die halbgeöffnete Tür schob sich Chaira.

»Es ist alles bereit, Erlauchter und Starker«, meldete er.

»Euer Los wird leicht sein«, fuhr der Anführer fort. »Der Große und Mächtige Fels braucht Leute, die es verstehen, die Maschinen zu bewegen. Denn schließlich wird es einen Krieg um die Länder geben, die ihm gehören. Und dann wird der Große und Mächtige Fels« – er hob den Zeigefinger –, »die glänzende Schlacht, mit dem einen Fuß am Himmel und mit dem anderen auf der Erde, der lebt, bis die Maschinen verschwinden . . .«

»Du Aas!« brüllte da Saul, und neben Wadims Ohr blinkte matt der brünierte Lauf des Scorchers.

»Nicht doch!« schrie Anton.

Saul stieß Wadim beiseite und bemächtige sich des Steuers.

»Nicht doch?« schrie er. »Was denn dann? Sich fügen und warten, bis die Maschinen verschwinden? Großartig!«

Ein heftiger Ruck warf Wadim zwischen die Sitze. Mit offenem Kabinendach erhob sich der Gleiter in die Lüfte. Es krachte, und ein zersplitterter Balken flog über die Kabine hinweg. Eisiger Wind pfiff in den Ohren. Der Gleiter ging in eine steile Kurve, und Wadim konnte sehen, wie der Anführer auf allen vieren auf der Treppe lag, den überdimensionalen Hintern in die Höhe gereckt, und wie das zerstörte und durch die Luft gewirbelte Dach mitten auf die Straße stürzte. Wadim versuchte das Kabinendach zu schließen, doch vergebens.

»Saul!« schrie er. »Drosseln Sie die Geschwindigkeit!«

Saul gab keine Antwort. Er raste über die Straße dahin, auf der bereits der Gefangenenzug zur Grube trottete. Zusammengekrümmt saß er da, das Gesicht hinter dem kleinen Mützenschirm verbergend. Den Scorcher hatte er auf dem Schoß liegen. Der Gleiter flog mit ungleichmäßiger Geschwindigkeit; der Gegenwind machte ihm zu schaffen.

Wadim versuchte immer noch, mit der einen Hand das Kabinendach zu schließen; mit der anderen hielt er den Analysator fest, der ihm auf die Knie gerutscht war.

»Schurken!« preßte Saul zwischen den Zähnen hervor. »Halunken! Folterknechte! Für euch Maschinen? Ersticken sollt ihr dran! Um Länder Krieg führen? Das werdet ihr noch bereuen!«

Endlich gelang es Wadim, auf den Sitz zu klettern. Der Gleiter raste auf die Grube zu. Anton hatte sich an die Armlehnen geklammert und starrte, die Augen vor dem Fahrtwind zusammenkneifend, schweigend auf Sauls Rücken.

»Für dich Konfitüre?« knurrte Saul. »Was husten werd ich dir! Etwas Leckeres . . . Aasgeier . . .«

Über der Grube stieg der Gleiter in die Höhe. Saul verstummte, beugte sich über Bord und feuerte mit dem Scorcher senkrecht nach unten. Wadim zuckte jäh zurück. Eine blendende lila Flamme schoß aus der Grube hoch, ein Donnerschlag dröhnte in den Ohren, dann verschwand alles hinter ihnen.

Endlich gelang es Wadim, das Kabinendach zuzuklappen. Auf einmal wurde es still.

»Denen werd ich eine andere Vorstellung von Ewigkeit beibringen!« sagte Saul und verstummte wieder.

»Vielleicht ist das gar nicht mehr nötig?« wandte Wadim zaghaft ein. Er begriff noch nicht, was Saul vorhatte. Was kann man von denen schon erwarten! dachte er. Das sind stupide, unwissende Menschen. Kann man denen denn ernsthaft gram sein?

Heulend raste der Gleiter über die Hügelkuppen hinweg und wirbelte dabei Wolken von Schneestaub auf. Saul war ein miserabler Pilot; er führte dem Triebwerk zuviel Energie zu, so daß es zu fünfzig Prozent im Leerlauf arbeitete. Dadurch bildete sich hinter dem Gleiter eine dichte Reifwand. Etliche Vögel, die ihm in die Quere kamen, verschwanden sofort in dem Schneewirbel. Weiter hinten, über dem glitzernden Dunst stieg eine Rauchsäule zum Himmel auf.

»Eins ist schade«, sagte Saul. »Daß man die ganze Stumpfsinnigkeit und Grausamkeit nicht mit einem Schlag vernichten kann, ohne den Menschen dabei zu vernichten. Auch nicht die Dummheit in diesem maßlos dummen Land!«

»Sie fliegen zur Chaussee?« fragte Anton ruhig.

»Ja. Und versuchen Sie nicht, mich davon abzuhalten.«

»Ich denke gar nicht daran«, erwiderte Anton. »Aber seien Sie vorsichtig.«

Wadim starrte auf den Scorcher. Wahrscheinlich kommt jetzt gleich etwas, was ich nie im Leben begreifen werde, dachte er.

Auf der Chaussee war alles wie immer. Genau wie tags zuvor, wie hundert Jahre zuvor, rollten die Fahrzeuge in gleichmäßigen Reihen lautlos dahin. Sie kamen aus dem Rauch und verschwanden wieder im Rauch. Und so ging es womöglich ewig weiter.

Saul landete den Gleiter zwanzig Meter von der Fahrbahn entfernt, öffnete das Kabinendach und legte den Lauf des Scorchers auf die Bordwand.

»Ich kann Ewiges nicht ertragen«, sagte er unerwartet ruhig und schoß.

Der erste Feuerstoß traf ein riesiges schildkrötenförmiges Fahrzeug. Der Panzer flammte auf und platzte auseinander wie eine Eierschale, während sich das Fahrgestell mit einer Raupenkette auf der Stelle drehte und die hinter ihm fahrenden kleinen grünen Wagen rammte und umwarf.

»Die Gesetze der Geschichte darf man nicht verändern . . .«, sagte Saul.

Unter Donnergetöse flammte ein großer schwarzer Turm auf Rädern auf, während ein anderer ebensolcher Turm umstürzte und einen Teil der Chaussee versperrte.

»... aber man kann gewisse historische Fehler korrigieren«, fuhr Saul zielend fort.

Der lila Blitz der Millionen Volt starken Entladung schlug unter dem Boden eines orangefarbenen Fahrzeugs ein, das einem Feldsynthetisator ähnelte. Es zerbarst und flog hoch in die Luft.

»Ja, diese Fehler muß man sogar korrigieren«, fuhr Saul, unaufhörlich schießend, fort. »Der Feudalismus ... ist ohnehin ... widerwärtig genug.«

Dann verstummte er. Rechter Hand wuchs der Haufen ausgeglühter Trümmer, linker Hand aber leerte sich die Chaussee – zum erstenmal seit Jahrtausenden wahrscheinlich –; dort rollten nur noch vereinzelt Fahrzeuge, die durch Zufall das Sperrfeuer durchbrochen hatten. Dann barst der lodernde Berg zischend und knatternd auseinander, eine Säule aus Funken und Asche stieg hoch empor, und durch die Rauchwolken rollten auf der Chaussee neue Reihen von Fahrzeugen heran. Saul brüllte auf und legte erneut den Scorcher an. Und wieder donnerten die Entladungen, schossen Stichflammen aus den explodierenden Fahrzeugen, wuchs der Haufen ausgeglühter Trümmer. Von Funkengarben durchschnitten, hingen schwere schwarze Rauchschwaden am Himmel, aus denen in flauschigen Flocken Asche herabrieselte, so daß sich der Schnee ringsum schwarz färbte und dampfte. Zu beiden Seiten der Chaussee trat der Erdboden zutage.

Wadim saß, die Beine gegen das Analysatorgehäuse gestemmt, und zuckte bei jedem Aufflammen zusammen, bis er sich schließlich daran gewöhnt hatte. Wieder und wieder bildete sich auf der Chaussee ein lodernder Berg, wieder und wieder barst er auseinander, verschleuderte brennende Trümmer und spie knisternd Wellen unerträglicher Hitze aus. Die Fahrzeuge aber rollten und rollten als unaufhaltsamer Strom dahin, gleichgültig gegenüber all dieser Vernichtung, und nahmen kein Ende.

»Ich glaube, jetzt ist's genug, Saul!« sagte Anton bittend.

Es ist zwecklos, dachte Wadim. Saul hörte auf zu schießen – die Energie war erschöpft – und ließ den Kopf auf die Arme sinken. Der heiß gewordene Lauf des Scorchers richtete sich gen Himmel. Beim Anblick des Kopfes und der Hände Sauls, die von Ruß bedeckt waren, verspürte Wadim eine große Müdigkeit. Ich verstehe das nicht, dachte er. Alles umsonst. Armer Saul!

»Geschichte«, sagte Saul heiser, ohne den Kopf zu heben. »Man kann nichts aufhalten.« Er richtete sich auf und sah die beiden jungen Leute an. »Mein Herz hat es nicht ertragen«, sagte er. »Verzeiht mir. Ich konnte einfach nicht mehr. Ich mußte wenigstens irgend etwas tun.«

Sie saßen und starrten lange auf die Chaussee. Reihe um Reihe rollten die Fahrzeuge dahin, stießen die Trümmer an den Fahrbahnrand, fegten die Asche beiseite, und bald war wieder alles wie vorher. Nur der purpurrote Fleck auf der Straße erkaltete langsam, der schmutzige Schnee ringsum schimmerte dunkel, und es dauerte noch eine ganze Weile, bis sich der Rauchschleier verzogen hatte, durch den flimmernd eine unförmige rote Scheibe lugte – der gelbe Zwerg EN 7031.

Saul schloß die Augen und sagte: »Das ist wie mit den Öfen. Wenn man nur die Öfen zerstört, bauen sie neue, und alles geht weiter!«

Irgendwo in der Nähe ertönten die ihnen bis zum Überdruß vertrauten jämmerlichen Schreie. Unwillkürlich wandte Wadim seinen Kopf in die Richtung. Auf einem Feldweg, der auf die Chaussee mündete, stand ein Häuflein abgehärmter Gestalten in Hemden aus Sackleinen, umschwärmt von pelzbekleideten Wächtern mit Lanzen. Was haben die hier zu suchen? dachte Wadim gleichgültig. Mit ihren Lanzenschäften trieben die Wächter einen Unglücklichen aus dem Häuflein heraus. Zitternd und sich immer wieder umsehend, stapfte er durch den geschwärzten Schnee und betrat die Chaussee. Ein riesiger glänzender Turm rollte sacht auf ihn zu. Verzweifelt blickte der Unglückliche auf die Wächter. Die brüllten ihm etwas zu. Der Verbrecher schloß die Augen und streckte die Arme seitwärts aus. Das Fahrzeug stieß ihn um und rollte weiter.

Saul erhob sich. Dumpf polternd fiel der Scorcher auf den Boden der Kabine.

»Ich werd ihnen das Maul stopfen«, sagte Saul. Seine Finger krümmten und streckten sich abwechselnd.

Anton hielt ihn an der Kutte fest.

»Ehrenwort, Saul«, sagte er, »das ist genauso zwecklos.«

»Ich weiß.« Saul setzte sich wieder. »Sie denken, ich wüßte das nicht? Warum kann ich bloß nichts tun! Warum kann ich weder dort noch hier irgend etwas tun!«

Die Wächter stießen einen anderen Gefangenen auf die Straße. Der erste wurde liegengelassen, platt wie ein leerer Sack. Mit ausgebreiteten Armen stellte sich der zweite einem roten Fahrgestell mit würfelförmigem Aufbau in den Weg. Das Fahrzeug verringerte die Geschwindigkeit und hielt zwei Schritt vor ihm an. Da fingen die Wächter an zu schreien. Der Gefangene hob die Arme und verließ, rückwärts gehend, die Chaussee. Das rote Fahrzeug aber bewegte sich wie angebunden hinter ihm her. Es rollte auf den Feldweg, wo es in den ausgefahrenen Räderspuren hin und her schwankte. Immer weiter rückwärts gehend, führte es der Gefangene von der Chaussee zur Grube. Auf der Chaussee aber rollten und rollten ununterbrochen die Maschinen.

»Ich habe großen Unsinn gemacht«, sagte Saul bekümmert. »Beschimpft mich ruhig. Trotzdem muß man hier mit etwas Derartigem beginnen. Ihr werdet hierher zurückkehren, das weiß ich. So merkt euch denn, daß man immer mit etwas beginnen muß, was Zweifel weckt. Nun, warum beschimpft ihr mich denn nicht?«

Wadim seufzte nur gequält, Anton aber sagte freundlich: »Aber warum denn, Saul? Sie haben doch nichts Schlimmes verbrochen. Sie haben nur etwas Ungewöhnliches getan.«

8

»Wadim«, sagte Anton, »sieh doch mal nach, was Saul macht.«

Wadim stand auf, ging aus der Steuerzentrale in die Messe hinunter und sah zu Saul hinein. Dort roch es nach abgestandenem Tabaksqualm. Saul lag noch in derselben Haltung auf dem Sofa, in der sie ihn nach dem Erkundungsflug hingelegt hatten: die Beine mit den großen Füßen ausgestreckt und den Kopf so nach hinten geneigt, daß der stopplige Adamsapfel emporragte. Wadim setzte sich auf den Sofarand und faßte Saul an die Stirn. Sie glühte. Zusammenhanglos murmelte Saul: »Zwieback ... Zwieback brauchen wir ... Was soll ich mit der Schere? In der Schneiderwerkstatt ist eine ... Aber doch keine Nagelschere ... Ich bitte euch um Zwieback ... und ihr bringt mir eine Schere ...« Plötzlich zuckte er heftig zusammen und keuchte: »Zu Befehl, Herr Blockführer ... Nein, wir knacken Läuse ...«

Wadim streichelte Sauls kraftlose Hand. Es war bedrückend, einen starken, selbstsicheren Menschen in so hilflosem Zustand zu erleben. Saul öffnete langsam die Augen.

»Ach ...«, sagte er. »Wadim ... Mach dir keine Gedanken ... Die Verhöre sind zermürbend ... Denk nicht schlecht von mir ...

Ich kehre zurück ... Es war einfach Schwäche ... Jetzt hab ich mich ein bißchen erholt und kehre zurück ...«

Saul verdrehte die Augen. Wadim sah ihn mitleidig an.

»Wir brennen wieder ...«, murmelte Saul. »Wie Holz. Stepanow brennt! In den Wald, los, in den Wald!«

Wadim seufzte und stand auf. Er sah sich in der Kabine um. Hier herrschte schreckliche Unordnung. Auf dem Fußboden lag, das Innere nach außen gekehrt, die unförmige Aktentasche. Der Inhalt war im Zimmer verstreut: merkwürdige graue Papphüllen, vollgestopft mit Papieren und verziert mit der stilisierten Darstellung eines Vogels, der seine Schwingen ausgebreitet hat. Eine Hülle war geöffnet, und die Schriftstücke lagen in der ganzen Kabine herum. Auch auf dem kleinen Tisch lagen welche. Wadim wollte schon anfangen aufzuräumen, doch da bemerkte er, daß Saul eingeschlafen war. Auf Zehenspitzen ging er hinaus und ließ die Tür einen Spalt breit offen.

Die Finger auf den Kontakten, saß Anton am Pult und blickte sinnend auf den Panoramabildschirm, auf dem langsam Kiefernwipfel, die erleuchteten Etagen ferner Häuser und die roten Lichter von Energierezeptoren vorüberglitten.

»Es geht ihm schlecht«, sagte Wadim. »Er phantasiert. Im Moment schläft er wieder.«

Wadim setzte sich auf eine Sessellehne und starrte auf die Wand, die mit Bildern von Menschen und Gegenständen bemalt war.

»Die Wand da hab ich unnötig beschmiert«, bemerkte er. »Ich hätte Saul um Papier bitten sollen. Er hat die ganze Tasche voll davon. Übrigens war Chaira so erschrocken, als ich einmal zu zeichnen begann, daß er einen Schlucken bekam.«

»Weißt du, Wadim«, sagte Anton nachdenklich, »Saul ist ein merkwürdiger Mensch. Aber daß ein erwachsener Mensch noch keine Bioblockade-Impfung bekommen haben soll ...« Er schüttelte den Kopf.

»Hast du wenigstens eine Ahnung, was ihm fehlt?«

»Nein. Vielleicht hat er sich bei Chaira irgendwas geholt.«

Wadim runzelte nachdenklich die Stirn und rutschte in den Sessel.

»Mir gefällt Saul«, erklärte er. »Er ist faszinierend rätselhaft. Ich habe noch nie so rätselhafte Fieberphantasien gehört.«

»Wie oft hast du denn schon Fieberphantasien gehört?«

»Das ist unwichtig. Ich kenne welche aus der Literatur. Unter anderem hat er gesagt, seine Flucht von der Erde sei einfach

Schwäche gewesen. Jetzt, sagt er, hab ich mich ein bißchen erholt und kehre zurück. Ich freue mich für ihn, Anton.«

»Das hat er dir im Fieber gesagt?«

»Nein. Da hatte er gerade einen lichten Moment.« Wadim warf einen Blick auf den Bildschirm. Das »Schiff« schwebte über Chibiny. »Was meinst du, wieviel Zeit ist vergangen?«

»Tausend Jahre«, erwiderte Anton.

Wadim schmunzelte.

»Ein interessanter Urlaub. Wir haben uns wacker gehalten, stimmt's?« Lächelnd rief er sich die brenzligen Situationen ins Gedächtnis zurück, während er sich ausmalte, wie er am nächsten Tag Neli und Samson gegenübertreten würde. Samson wird ganz geknickt sein, weil ich ihm keinen Tachorgschädel mitbringe; ich werd ihm die Narbe zeigen.

»Schade!« sagte er laut.

»Was ist schade?«

»Daß er mir den Hieb an die Hüfte verpaßt hat. Im Gesicht wär's mir lieber gewesen. Stell dir vor: eine Narbe von der linken Schläfe bis zum Kinn!«

Anton sah ihn verwundert an.

»Du hast Ideen! Ich werde mich wohl nie an dich gewöhnen«, sagte er.

»Laß nur, Anton! Du warst auch nicht übel. Nur manchmal warst du ziemlich unentschlossen. Ich werde Galka erzählen, daß du ein tüchtiger Kommandant bist.«

Anton machte eine süßsaure Miene.

»Nicht doch, erzähle du lieber gar nichts.« Er schwieg eine Weile. »War ich sehr unentschlossen?«

»Meiner Meinung nach ja.«

»Ich wußte mir einfach keinen Rat, Wadim. Ich habe schon alles mögliche erlebt, aber solch eine Situation, in der man unbedingt etwas tun müßte, aber absolut nichts tun darf, weil man es dadurch nur verschlimmert . . . Da war ich natürlich unentschlossen.«

Wadim betrachtete aufmerksam Chibiny.

»Trotzdem warst du ein guter Kommandant. Es war interessant, dich in dieser Rolle zu erleben. Weißt du, Chaira liegt jetzt auf seinen stinkenden Fellen und denkt: Waren das schöne Schuhe, solche hat niemand! Anton, bester Freund, kannst du nicht einen Zahn zulegen?«

»Nein. Hier darf man nicht schneller fliegen.«

»Was darf man alles nicht! Laß mich mal ran.«

»Nicht doch«, entgegnete Adam. »Diese ganze Eskapade wird mich ohnehin den Flugschein kosten.«

»Was hast du denn getan?«

»Und ob ich etwas getan habe! Das zweite Mal fliege ich nicht mehr als bewährter Raumfahrer zum Saul, sondern als miserabler Arzt aus Leidenschaft, darauf kannst du Gift nehmen.«

Was haben wir denn verbrochen? fragte sich Wadim verwundert. Wir haben getan, was wir konnten und was wir tun mußten. Was hätten wir denn sonst machen sollen? Wir waren doch nur drei! Wären wir zwanzig gewesen, dann hätten wir die Wächter einfach entwaffnet, und die Sache wäre erledigt gewesen. Jedenfalls kann man uns keine Vorwürfe machen. Mit denen, die Chaira gefahren haben, hat es allerdings ein schlimmes Ende genommen. Aber woher sollten wir das wissen! Wir haben trotz allem ausgezeichnete Erkundungsarbeit geleistet. Haben Ehre eingelegt. Jetzt heißt es, die Ärmel hochkrempeln und Leute zusammenholen. Das erste ist ein Komitee. Ich denke dabei an Anton und mich. Saul werd ich schon überzeugen. Ohne ihn geht's nicht: wir brauchen einen Skeptiker. Außerdem ist er kämpferisch und entschlossen und lebt ganz im zwanzigsten Jahrhundert. Dann Samson. Ein ausgezeichneter Ingenieur, trotz seiner Boshaftigkeit. Neli, die Künstlerin, kann ihren Charme spielen lassen. Unbedingt Grischa Barabanow. Erstens ist er selber Lehrer, und zweitens kennt er eine Unmenge anderer Lehrer, die, nach allem zu urteilen, prächtige Menschen sind. Ein Arzt! Einen Arzt brauchen wir. Aber unter den vielen Lehrern findet sich doch ganz bestimmt auch ein Arzt. Auch Jäger werden gebraucht. Um die großschnäbligen Samson-Vögel zu vertreiben. Wadim kicherte. Und dann wenden wir uns mit dem gesamten Komitee an die Erde und erlassen einen Aufruf.

Wadim verspürte ein wonniges Gefühl im Herzen, als er sich das ganze Ausmaß dieses neuen, ungewöhnlichen Unternehmens vergegenwärtigte. Geschwader von D-Transportraumschiffen, voll beladen mit kühnen Freiwilligen, Synthetisatoren und Medikamenten, tonnenweise Eier mit mechanischen Embryonen, aus denen im Laufe einer halben Stunde Häuser, Gleiter, synoptische Anlagen und dergleichen mehr entstehen, und zwanzigtausend, dreißigtausend, hunderttausend neue Bekanntschaften!

»Die gesamte Kosmosflotte ist unterwegs«, sagte Anton.

»Wie?«

»Ich sagte: Die gesamte Kosmosflotte ist unterwegs. Ich habe mal einen Überschlag gemacht: Für den Anfang brauchen wir mindestens ein Dutzend Transport-›Phantome‹, aber davon gibt es nur vierundfünfzig, und die sind jetzt alle beim EN 117 zum Sprung hinter den Blinden Fleck.«

Dann bauen wir neue«, versetzte Wadim.

Anton warf ihm einen Seitenblick zu.

»Du hast Rosinen im Kopf, Wadim. Mach dich damit vertraut, daß man dich höchstwahrscheinlich nicht mehr auf den Saul läßt.«

»Warum denn nicht?«

»Ganz einfach. Dort braucht man keine zwanzigjährigen Hitzköpfe, sondern Professionelle im wahrsten Sinne des Wortes. Ich kann mir allerdings nicht vorstellen, daß man unserem Planeten so viele versierte Fachleute entziehen könnte. Und das ist erst eine Hälfte des Problems.«

»Was du nicht sagst!« versetzte Wadim. »Und die andere Hälfte?«

»Die andere Hälfte, mein Lieber. . .« Anton seufzte. »Bereits seit zwei Jahrhunderten gibt es eine unscheinbare Organisation: die Kommission für Kontakte. Sie zeichnet sich durch folgendes aus: Erstens kann ohne ihre Erlaubnis kein einziger Raumfahrer starten; und zweitens setzt sie sich nicht aus Hitzköpfen zusammen, sondern aus Männern, die ernst und vernünftig sind und die Folgen absehen.«

»Meinst du das im Ernst?« fragte Wadim.

»Aber ja.« Anton glitt mit den Fingern über die Kontakte und fuhr fort: »Ob ich dich zum Trost landen lasse? Nein, lieber nicht. Ich habe genug Tote gesehen.«

Sacht und geräuschlos landete das »Schiff« auf der Lichtung fast an derselben Stelle, von der es neununddreißig Stunden zuvor gestartet war. Anton schaltete das Triebwerk ab und blieb noch ein Weilchen sitzen. Liebevoll strich er mit der Hand über das Steuerpult.

»Das wär's«, sagte er. »Jetzt müssen wir uns um Saul kümmern.«

Wadim starrte unlustig vor sich hin. Anton schaltete das Bordradiophon ein und ging auf die Welle der Ersten Hilfe.

»Station elf-elf«, meldete sich gleich darauf eine ruhige Frauenstimme.

»Wir benötigen einen Epidemiologen«, erklärte Anton. »Ein Besatzungsmitglied ist bei der Rückkehr von einem neuen Planeten irdischen Typs erkrankt.«

Einen Augenblick blieb es still. Dann fragte die Frauenstimme verwundert zurück: »Verzeihen Sie, was sagten Sie?«

»Wissen Sie, er hat keine Bioblockade-Impfung erhalten«, erläuterte Anton.

»Merkwürdig! Na schön. Ihre Koordinaten?«

Er nannte sie.

»Danke, zur Kenntnis genommen. In zehn Minuten sind wir da.«

Anton blickte Wadim an.

»Kopf hoch, Struktureller. Wird schon alles gut werden. Komm mit zu Saul.«

Wadim erhob sich langsam aus dem Sessel. Als sie die Messe betraten, sahen sie sofort, daß die Tür zu Sauls Kabine offenstand. Saul war nicht in der Kabine. Auch seine Aktentasche und die Schriftstücke waren nicht mehr da. Auf dem Tisch aber lag der Scorcher.

»Wo mag er sein?« sagte Anton.

Wadim eilte zum Ausgang. Das Luk war offen. Es war eine laue Sternennacht, und die Grillen zirpten laut.

»Saul«, rief Wadim.

Niemand antwortete. Fassungslos ging Wadim ein paar Schritte durch das weiche Gras. Wo mag er bloß stecken, krank wie er ist? dachte er und rief von neuem: »Saul!«

Und wieder kam keine Antwort. Ein leichter warmer Wind streichelte Wadims Gesicht.

»Wadim«, rief Anton leise, »komm doch mal her.«

Wadim kehrte zum erleuchteten Luk zurück, wo Anton ihm ein Blatt Papier reichte.

»Den Zettel hat Saul hiergelassen«, sagte er. »Er hatte ihn unter den Scorcher gelegt.«

Es war ein abgerissenes Stück grobes graues Papier mit schmutzigen Fingerabdrücken darauf. Wadim las:

»Liebe junge Leute!

Verzeiht mir, daß ich Euch hintergangen habe. Ich bin gar kein Historiker. Ich bin bloß ein Deserteur. Ich bin zu Euch geflohen, weil ich mich retten wollte. Ihr werdet das nicht verstehen. Ich hatte nur noch einen Ladestreifen und war verzweifelt. Jetzt schäme ich mich und kehre zurück. Ihr aber kehrt auf den Saul zurück und tut Eure Pflicht, während ich meine Sache zu Ende führe. Ich habe ja noch einen ganzen Ladestreifen. Ich gehe. Lebt wohl!

Euer S. Repnin.«

»Er ist bestimmt schwer krank!« sagte Wadim bestürzt. »Wir müssen ihn schleunigst suchen!«

»Sieh mal, was auf der Rückseite steht«, erwiderte Anton.

Wadim drehte den Zettel um. Auf der Rückseite stand mit großen, krakligen Buchstaben:

»An den Rapportführer, Oberscharführer Wirt, vom Blockfriseur des Blocks sechs, Häftling Nr. 658 617.

Meldung

Hiermit melde ich, daß nach dem, was ich beobachtet habe, der Häftling Nr. 819 360 nicht der Kriminelle mit dem Spitznamen ›Saul‹ ist, sondern der ehemalige Panzerkommandant der Roten Armee Sawel Petrowitsch Repnin, der bei Rshew in bewußtlosem Zustand von der Deutschen Wehrmacht gefangengenommen wurde. Besagte Nr. 819 360 ist ein verkappter Kommunist und zweifellos ein für unsere Ordnung gefährliches Element. Ich habe festgestellt, daß er seine Flucht vorbereitet und zu der Gruppe gehört, von der ich Ihnen bereits in der Meldung vom Juli dieses Jahres berichtet habe. Ferner melde ich . . .«

An dieser Stelle brach der Text ab. Wadim starrte Anton an.

»Das begreif ich nicht«, sagte er.

»Ich auch nicht«, erwiderte Anton leise.

Ein greller Lichtschein flammte auf. Ein Sanitätshelikopter vom Typ »Ogonjok« senkte sich langsam herab.

»Unterhalte du dich mit dem Arzt«, sagte Anton mit einem vagen Lächeln. »Ich geh derweil und setze mich mit dem Rat in Verbindung.«

»Wie soll ich ihm das denn erklären?« murmelte Wadim, auf den Fetzen Papier starrend.

Der Häftling Nr. 819 360 lag bäuchlings am Chausseerand, das Gesicht im klebrigen Morast vergraben. Seine rechte Hand umklammerte immer noch den Griff der »Schmeisser«.

»Der ist anscheinend erledigt«, sagte Ernst Brandt bedauernd. Er war noch ganz bleich. »Mein Gott, die Glassplitter sind mir nur so um die Ohren gesaust!«

»Dieser Bandit hat uns aufgelauert«, versetzte Obersturmführer Deibel.

Sie sahen sich um. Quer auf der Chaussee stand ein feldgrauer Kübelwagen. Die Windschutzscheibe war zersplittert, und vom Vordersitz hing, mit dem Mantel irgendwo festgehakt, der tote

Fahrer herab. Zwei Soldaten hatten einen Verwundeten untergefaßt und schleppten ihn beiseite. Der Verwundete schrie laut.

»Das ist wahrscheinlich einer von denen, die Rudolf auf dem Gewissen haben«, sagte Brandt. Er schob die Stiefelspitze unter die Schulter der Leiche und drehte sie auf den Rücken. »Kreuzhageldonnerwetternocheinmal!« fluchte er. »Das ist doch Rudolfs Aktentasche!«

Das feiste Gesicht verziehend, bückte sich Deibel. Seine schlaffen Wangen zitterten.

»Ja, das ist seine Aktentasche«, murmelte er. »Armer Rudolf! Den ganzen Weg von Moskau bis hierher hat er heil überstanden, um hier durch die Kugel eines verlausten Häftlings zu sterben.«

Er richtete sich auf und sah Brandt in das dümmlich-rosige Gesicht.

»Nimm die Aktentasche«, brummte er und starrte bekümmert in die Ferne, wo über dem Wald die dicken Schornsteine des Lagerkrematoriums aufragten, aus denen widerwärtig fetter Rauch hervorquoll.

Der Häftling Nr. 819 360 aber starrte mit weit geöffneten toten Augen in den niedrigen grauen Himmel.

Arkadi und Boris Strugatzki
im Suhrkamp Verlag

Die Schnecke am Hang. Aus dem Russischen von H. Földeak. Mit einem Nachwort von Darko Suvin. Deutsch von Franz Rottensteiner. 1978. Phantastische Bibliothek Band 13. *suhrkamp taschenbuch* 434

Picknick am Wegesrand. Utopische Erzählung. Aus dem Russischen von Aljonna Möckel. Mit einem Nachwort von Stanisław Lem. Aus dem Polnischen von Friedrich Griese. 1981. Phantastische Bibliothek Band 49. *suhrkamp taschenbuch* 670

Montag beginnt am Samstag. Utopisch-phantastischer Roman. Aus dem Russischen von Hermann Buchner. 1982. Phantastische Bibliothek Band 72. *suhrkamp taschenbuch* 780

Die gierigen Dinge des Jahrhunderts. Phantastischer Roman. Aus dem Russischen von Heinz Kübart. 1982. Phantastische Bibliothek Band 78. *suhrkamp taschenbuch* 827

suhrkamp taschenbücher

st 818 J. G. Ballard
Kristallwelt
Roman
Aus dem Englischen übersetzt von Margarete Bormann
Phantastische Bibliothek Band 75
178 Seiten
»Am Tage flogen phantastische Vögel durch den erstarrten Wald, und edelsteinbesetzte Krokodile glitzerten wie heraldische Salamander an den Ufern des kristallenen Flusses. Nachts jagte der leuchtende Mann unter den Bäumen dahin, die Arme wie goldene Wagenräder, der Kopf wie eine gespenstische Krone . . .«

st 819 Peter Schattschneider
Zeitstopp
Science-fiction-Geschichten
Phantastische Bibliothek Band 76
230 Seiten
»Mit einemmal sah er nur noch Atome und Moleküle, die keinen Bezug zueinander hatten. Nichts veränderte sich. Die Naturgesetze zerfielen, weil es in der Zeitlosigkeit nichts gab, das sie beschreiben konnten, und mit ihnen zerfielen die Objekte. Bäume, Sträucher, das verdorrte Gras, Erde und Gestein, selbst die Sonne und der in der Luft erstarrte Vogel: Alles verlor sich in Bedeutungslosigkeit.«

st 821 Hans Carossa
Der Arzt Gion
Eine Erzählung
256 Seiten
»Die Lauterkeit seiner Gesinnung, die Tiefe seiner so bescheiden auftretenden Problematik, und mehr als alles der Adel seiner Sprache, seines schönen, wie eine Quelle fließenden Deutsch machen dies ernste Buch unausschöpflich, wie alle echte Dichtung es ist.« *Hermann Hesse*

st 822 Marcel Proust
Sodom und Gomorra
Auf der Suche nach der verlorenen Zeit
Vierter Teil
Deutsch von Eva Rechel-Mertens
2 Bände, zus. 724 Seiten
»Von der Erfahrung Prousts in Deutschland verspreche ich mir Entscheidendes, nicht im Sinne der Nachahmung, sondern in dem des Maßstabes. ... Angesichts des desorientierten Zustandes der deutschen Prosa, wenn nicht der Krisis der Sprache überhaupt, ist Rettendes zu hoffen von der Rezeption eines Dichters, der das Exemplarische vereint mit dem Avancierten.«
Theodor W. Adorno

st 823 Sylvia Beach
Shakespeare and Company
Ein Buchladen in Paris
Aus dem Amerikanischen von Lilly v. Sauter
Mit Abbildungen
248 Seiten
»*Shakespeare and Company* ist kein gelehrtes Buch, es ist ein ganz persönlicher Bericht. In Sylvia Beachs Erinnerungen kommen nahezu alle vor, die in den zwanziger Jahren eine Rolle spielten, und Sylvia Beach zählte sie alle zu ihren Bekannten.« *The New Yorker*

st 824 Erik H. Erikson
Lebensgeschichte und historischer Augenblick
Übersetzt von Thomas Lindquist
296 Seiten
Die Frage, um die es Erikson in diesem Buch geht, lautet: Psychoanalyse – Anpassung oder Freiheit? Erikson plä-

diert für eine Form von Adaption, die den Patienten befähigt, die Realität so zu sehen, wie sie ist, was nicht bedeutet, sie in ihrer Faktizität einfach hinzunehmen. Eriksons »goldene Regel« für seine eigene Praxis ist ein Begriff von Anpassung, der auf Gegenseitigkeit und Anerkennung basiert.

st 825 Volker Erbes
Die blauen Hunde
Erzählung
190 Seiten
Die blauen Hunde erzählt die Geschichte einer Krankheit. Scheinbar unangekündigt trifft sie eine junge Frau. Die Vorgeschichte zeigt, daß die Formen ihres Wahns nicht zufällig sind oder abstrus, sondern bis in die absonderlichen Details biographisch bestimmt. Auch der Erzähler, der ehemalige Freund dieser Frau, wird von dem Wahn, der der Wahn einer Epoche ist, erfaßt. Indem er ihre Geschichte erzählt, entdeckt er betroffen die Rolle, die er darin spielt.

st 826 Phantasma
Polnische Geschichten aus dieser und jener Welt
Herausgegeben und übersetzt von Klaus Staemmler
Phantastische Bibliothek Band 77
282 Seiten
Zwanzig Erzählungen von neunzehn Autoren stellt dieser Band vor, utopische und phantastische Geschichten, heitere und ernste, amüsante und besinnliche; Spekulationen über die Zukunft stehen neben satirischen Seitenhieben auf die wenig vollkommene Gegenwart. Und es gibt auch gar schauerliche, diabolische und unheimliche Geschichten.

st 828 Hermann Lenz
Die Begegnung
Roman
204 Seiten
»Ein wundersames und wunderbares Buch ... ein Roman, der ganz unwichtig tut und doch voll Weisheit ist; der beiläufig erzählt wirkt und doch Existentiellem auf den Grund geht; der in geschichtlicher Zeit spielt und uns die eigene Zeit und unsere eigene Zerrissenheit besser wahrnehmen läßt.« *Deutsche Zeitung*

st 829 Pablo Neruda
Liebesbriefe an Albertina Rosa
Zusammengestellt, eingeführt und mit Anmerkungen versehen
von Sergio Fernández Larraín
Aus dem Spanischen von Curt Meyer-Clason
Mit Abbildungen
338 Seiten
Wer die Memoiren Nerudas gelesen hat, kennt seine Erzählhaltung. Das Schreiben sei für ihn wie das Schuhemachen – und so urpersönlich, sympathisch warm und menschlich ist auch der Ton dieser Briefe. Sie befassen sich mit Zuneigung und alltäglichen Sorgen, mit Hoffnungen und Enttäuschungen.

st 831 Helm Stierlin
Delegation und Familie
Beiträge zum Heidelberger familiendynamischen Konzept
258 Seiten
»Die Beiträge des Bandes verarbeiten eine Fülle von Fallbeispielen und therapeutischen Erfahrungsdaten vor dem Hintergrund der psychoanalytischen Grundannahmen zu einem komplexen System von Hilfestellung für die unterschiedlichsten familiären Konstellationen. Lesenswert für jeden, der an Einsicht in ein komplexes Gefüge von Zusammenhängen interessiert ist.«

Wissenschaftlicher Literaturanzeiger

st 833 J. G. Ballard
Die Tausend Träume von Stellavista
und andere Vermilion-Sands-Stories
Aus dem Englischen von Alfred Scholz
Phantastische Bibliothek Band 79
204 Seiten
Vermilion Sands, ein Wüstenkurort zur Erfüllung der ausgefallensten Träume der gelangweilten Reichen, jetzt Künstlerkolonie für Maler, Literaten, bildende Künstler und Musiker, ist in einem langsamen, aber unaufhaltsamen Verfall begriffen. Dichter drücken lediglich auf die Knöpfe ihrer Computer, die automatisch für sie dichten; tönende Skulpturen wachsen aus dem Boden, und empfindsame Pflanzen reagieren auf die Töne der Musik.

Phantastische Bibliothek
in den suhrkamp taschenbüchern

Violetter Umschlag kennzeichnet die Bände der
»Phantastischen Bibliothek« innerhalb der *suhrkamp taschenbücher*

Band 1 Stanisław Lem, Nacht und Schimmel. Erzählungen. Aus dem Polnischen von I. Zimmermann-Göllheim. st 356
Band 2 H. P. Lovecraft, Das Ding auf der Schwelle. Unheimliche Geschichten. Deutsch von Rudolf Hermstein. st 357
Band 3 Herbert W. Franke, Ypsilon minus. st 358
Band 4 Blick vom anderen Ufer. Europäische Science-fiction. Herausgegeben von Franz Rottensteiner. st 359
Band 5 Gore Vidal, Messias. Roman. Deutsch von Helga und Peter von Tramin. st 390
Band 6 Ambrose Bierce, Das Spukhaus. Gespenstergeschichten. Deutsch von Gisela Günther, Anneliese Strauß und K. B. Leder. st 365
Band 7 Stanisław Lem, Transfer. Roman. Deutsch von Maria Kurecka. st 324
Band 8 H. P. Lovekraft, Der Fall Charles Dexter Ward. Zwei Horrorgeschichten. Aus dem Amerikanischen von Rudolf Hermstein. st. 391
Band 9 Herbert W. Franke, Zarathustra kehrt zurück. st 410
Band 10 Algernon Blackwood, Besuch von Drüben. Gruselgeschichten. Aus dem Englischen von Friedrich Polakovics. st 411
Band 11 Stanisław Lem, Solaris. Roman. Aus dem Polnischen von I. Zimmermann-Göllheim. st 226
Band 12 Algernon Blackwood, Das leere Haus. Phantastische Geschichten. Deutsch von Friedrich Polakovics. st 30
Band 13 A. und B. Strugatzki, Die Schnecke am Hang. Aus dem Russischen von H. Földeak. Mit einem Nachwort von Darko Suvin. st. 434
Band 14 Stanisław Lem, Die Untersuchung. Kriminalroman. Aus dem Polnischen von Jens Reuter und Hans Jürgen Mayer. st 435
Band 15 Philip K. Dick, UBIK. Science-fiction-Roman. Aus dem Amerikanischen von Renate Laux. st 440
Band 16 Stanisław Lem, Die Astronauten. Utopischer Roman. Aus dem Polnischen von Rudolf Pabel. st 441
Band 17 Phaïcon 3. Almanach der phantastischen Literatur. Herausgegeben von Rein A. Zondergeld. st 443
Band 18 Stanisław Lem, Die Jagd. Neue Geschichten des Piloten Pirx. Aus dem Polnischen von Roswitha Buschmann, Kurt Kelm, Barbara Sparing. st 302
Band 19 H. P. Lovecraft, Cthulhu. Geistergeschichten. Deutsch von H. C. Artmann. Vorwort von Giorgio Manganelli. st 29

Band 20 Stanisław Lem, Sterntagebücher. Aus dem Polnischen von Caesar Rymarowicz. Mit Zeichnungen des Autors. st 459

Band 21 Polaris 4. Ein Science-fiction-Almanach von Franz Rottensteiner. st 460

Band 22 Das unsichtbare Auge. Eine Sammlung von Phantomen und anderen unheimlichen Erscheinungen. Erzählungen. Herausgegeben von Kalju Kirde. st 477

Band 23 Stefan Grabiński, Das Abstellgleis und andere Erzählungen. Mit einem Nachwort von Stanisław Lem. Aus dem Polnischen von Klaus Staemmler. st 478

Band 24 H. P. Lovecraft, Berge des Wahnsinns. Zwei Horrorgeschichten. Deutsch von Rudolf Hermstein. st 220

Band 25 Stanisław Lem, Memoiren, gefunden in der Badewanne. Aus dem Polnischen von Walter Tiel. Mit einer Einleitung des Autors. st 508

Band 26 Gerd Maximovič, Die Erforschung des Omega-Planeten. Erzählungen. st 509

Band 27 Edgar Allan Poe, Der Fall des Hauses Ascher. Aus dem Amerikanischen von Arno Schmidt und Hans Wollschläger. st 517

Band 28 Algernon Blackwood, Der Griff aus dem Dunkel. Gespenstergeschichten. Deutsch von Friedrich Polakovics. st 518

Band 29 Stanisław Lem, Der futurologische Kongreß. Aus dem Polnischen von I. Zimmermann-Göllheim. st 534

Band 30 Herbert W. Franke, Sirius Transit. Roman. st 535

Band 31 Darko Suvin, Poetik der Science-fiction. Zur Theorie und Geschichte einer literarischen Gattung. Deutsch von Franz Rottensteiner. st 539

Band 32 M. R. James, Der Schatz des Abtes Thomas. Zehn Geistergeschichten. Aus dem Englischen von Friedrich Polakovics. st 540

Band 33 Stanisław Lem, Der Schnupfen. Kriminalroman. Autorisierte Übersetzung aus dem Polnischen von Klaus Staemmler. st 570

Band 34 Franz Rottensteiner (Hrsg.), ›Quarber Merkur‹. Aufsätze zur Science-fiction und Phantastischen Literatur. st 571

Band 35 Herbert W. Franke, Zone Null. Science-fiction-Roman. st 585

Band 36 Über Stanisław Lem. Herausgegeben von Werner Berthel. st 586

Band 37 Wie der Teufel den Professor holte. Science-fiction-Erzählungen aus Polaris 1. st 629

Band 38 Das Mädchen am Abhang. Science-fiction-Erzählungen aus Polaris 2. st 630

Band 39 Der Weltraumfriseur. Science-fiction-Erzählungen aus Polaris 3. st 631

Band 40 Die Büßerinnen aus dem Gnadenkloster. Phantastische Erzählungen aus Phaïcon 2. Herausgegeben und mit einem Vorwort von Rein A. Zondergeld. st 632

Band 41 Herbert W. Franke, Einsteins Erben. Science-fiction-Geschichten. st 603

Band 42 Edward Bulwer Lytton, Das kommende Geschlecht. Aus dem Englischen übersetzt von Michael Walter. st 609

Band 43 H. P. Lovecraft, Die Katzen von Ulthar und andere Erzählungen. Deutsch von Michael Walter. st 625

Band 44 Phaïcon 4. Almanach der phantastischen Literatur. Herausgegeben von Rein A. Zondergeld. st 636

Band 45 Johanna Braun, Günter Braun, Unheimliche Erscheinungsformen auf Omega XI. Utopischer Roman. st 646

Band 46 Bernd Ulbrich, Der unsichtbare Kreis. Utopische Erzählungen. st. 652

Band 47 Stanisław Lem, Imaginäre Größe. Aus dem Polnischen von Caesar Rymarowicz. st 658

Band 48 H. W. Franke, Paradies 3000. Science-fiction-Erzählungen. st 664

Band 49 Arkadi und Boris Strugatzki, Picknick am Wegesrand. Utopische Erzählung. Aus dem Russischen übersetzt von Aljonna Möckel. Mit einem Nachwort von Stanisław Lem. st 670

Band 50 Louis-Sébastien Mercier, Das Jahr 2440. Deutsch von Christian Felix Weiße (1772). Herausgegeben, mit Erläuterungen und einem Nachwort versehen von Herbert Jaumann. st 676

Band 51 Johanna Braun, Günter Braun, Der Fehlfaktor. Utopisch-phantastische Erzählungen. st 687

Band 52 H. P. Lovecraft, Stadt ohne Namen. Gespenstergeschichten. Aus dem Amerikanischen von Charlotte Gräfin von Klinckowstroem. Mit einem Nachwort von Dirk W. Mosig. st 694

Band 53 Leo Szilard, Die Stimme der Delphine. Utopische Science-fiction-Erzählungen. Mit einem Vorwort von Carl Friedrich von Weizsäcker. st 703

Band 54 Polaris 5. Ein Science-fiction-Almanach. Herausgegeben von Franz Rottensteiner. st 713

Band 55 Arthur Machen, Die leuchtende Pyramide und andere Geschichten des Schreckens. Aus dem Englischen von Herbert Preissler. st 720

Band 56 J. G. Ballard, Der ewige Tag und andere Erzählungen. Deutsch von Michael Walter. st 727

Band 57 Stanisław Lem, Mondnacht. Hör- und Fernsehspiele. Aus dem Polnischen übersetzt von Klaus Staemmler, Charlotte Eckert, Jutta Janke und I. Zimmermann-Göllheim. st 729

Band 58 Herbert W. Franke. Schule für Übermenschen. st 730

Band 59 Joseph Sheridan Le Fanu, Der besessene Baronet und andere Geistergeschichten. Deutsch von Friedrich Polakovics. Mit einem Nachwort von Jörg Krichbaum. st 731

Band 60 Philip K. Dick, LSD-Astronauten. Deutsch von Anneliese Strauß. st 732

Band 61 Stanisław Lem, Terminus und andere Geschichten des Piloten Pirx. Aus dem Polnischen von Caesar Rymarowicz. st 740

Band 62 Herbert W. Franke, Keine Spur von Leben. *Hörspiele.* st 741

Band 63 Johanna Braun, Günter Braun, Conviva Ludibundus. Utopischer Roman. st 748

Band 64 William Hope Hodgson, Stimme in der Nacht. Unheimliche Seegeschichten. Deutsch von Wulf Teichmann. st 749

Band 65 Kōbō Abe, Die vierte Zwischeneiszeit. Aus dem Japanischen von S. Schaarschmidt. st 756

Band 66 Die andere Zukunft. Phantastische Erzählungen aus der DDR. Herausgegeben von Franz Rottensteiner. st 757

Band 67 Michael Weisser, SYN-CODE-7. Science-fiction-Roman. st 764

Band 68 C. A. Smith, Saat aus dem Grabe. Phantastische Geschichten. Aus dem Amerikanischen von Friedrich Polakovics. st 765

Band 69 Herbert W. Franke, Tod eines Unsterblichen. Science-fiction-Roman. st 772

Band 70 Philip K. Dick. Mozart für Marsianer. Science-fiction-Roman. Aus dem Amerikanischen von Renate Laux. st 773

Band 71 H. P. Lovecraft, In der Gruft und andere makabre Geschichten. Deutsch von Michael Walter. st 779

Band 72 A. und B. Strugatzki, Montag beginnt am Samstag. Utopisch-phantastischer Roman. Aus dem Russischen von Hermann Buchner. st 780

Band 73 Stanisław Lem, Die Ratte im Labyrinth. Ausgewählt von Franz Rottensteiner. Aus dem Polnischen von Roswitha Buschmann, Caesar Rymarowicz, Jens Reuter und Klaus Staemmler. st 806

Band 74 Johanna Braun, Günter Braun, Der Irrtum des großen Zauberers. Phantastischer Roman. st 807

Band 75 J. G. Ballard, Kristallwelt. Science-fiction-Roman. Deutsch von Margarete Bormann. st 818

Band 76 Peter Schattschneider, Zeitstopp. Science-fiction-Geschichten. st 819

Band 77 Phantasma. Polnische Geschichten aus dieser und jener Welt. Herausgegeben und übersetzt von Klaus Staemmler. st 826

Band 78 Arkadi und Boris Strugatzki, Die gierigen Dinge des Jahrhunderts. Phantastischer Roman. Aus dem Russischen von Heinz Kübart. st 827

Band 79 J. G. Ballard, Die Tausend Träume von Stellavista und andere Vermilion-Sands-Stories. Aus dem Englischen von Alfred Scholz. st 833

Band 80 Brian W. Aldiss, Der unmögliche Stern. Science-fiction-Geschichten. Aus dem Englischen von Rudolf Hermstein. st 834
Band 81 Herbert W. Franke, Transpluto. Science-fiction-Roman. st 841
Band 82 Polaris 6. Ein Science-fiction-Almanach, Herbert W. Franke gewidmet. Herausgegeben von Franz Rottensteiner. st 842
Band 83 Algernon Blackwood, Der Tanz in den Tod. Unheimliche Geschichten. Herausgegeben von Kalju Kirde. Aus dem Englischen von Friedrich Polakovics. st 848
Band 84 L. Sprague de Camp, H. P. Lovecraft. Eine Biographie. Aus dem Amerikanischen von Jörg Krichbaum. st 849
Band 85 Stanisław Lem, Robotermärchen. Aus dem Polnischen von I. Zimmermann-Göllheim. st 856
Band 86 Phaïcon 5. Almanach der phantastischen Literatur. Herausgegeben von Rein A. Zondergeld. st 857
Band 87 C. A. Smith, Planet der Toten. Phantastische Erzählungen. Aus dem Amerikanischen von Friedrich Polakovics. st 864 (Dezember 1982)
Band 88 Jerzy Żuławski, Auf dem Silbermond. Science-fiction-Roman. Aus dem Polnischen von Edda Werfel. st 865 (Dezember 1982)
Band 89 Arkadi und Boris Strugatzki, Fluchtversuch. Der ferne Regenbogen. Zwei Science-fiction-Romane. Aus dem Russischen von Dieter Pommerenke und Aljonna Möckel. st 872 (Januar 1983)
Band 90 Michael Weisser, DIGIT. Science-fiction-Roman. st 873 (Januar 1983)
Band 91 Rein A. Zondergeld, Lexikon der phantastischen Bibliothek. st 880 (Februar 1983)
Band 92 Johanna Braun, Günter Braun, Der Utofant. In der Zukunft aufgefundene Journale aus dem Jahrtausend III. st 881 (Februar 1983)
Band 93 Cordwainer Smith, Herren im All. Science-fiction-Erzählungen. Aus dem Amerikanischen von Rudolf Hermstein. st 888 (März 1983)
Band 94 Tod per Zeitungsannonce und andere phantastischen Erzählungen aus Rußland. Herausgegeben von Elisabeth Cheauré. Aus dem Russischen von Edda Werfel und anderen. st 889 (März 1983)
Band 95 J. G. Ballard, Hallo Amerika! Science-fiction-Roman. Aus dem Englischen von Rudolf Hermstein. st 895 (April 1983)
Band 96 J. G. Ballard, Billennium. Science-fiction-Erzählungen. Aus dem Englischen von Alfred Scholz und Michael Walter. st 896 (April 1983)

Band 97 Stanisław Lem, Die Stimme des Herrn. Roman. Aus dem Polnischen von Roswitha Buschmann. st 907 (Mai 1983)

Band 98 Thomas Owen, Wohin am Abend? und andere seltsame Geschichten. Deutsch von Rein A. Zondergeld. Mit einem Nachwort des Übersetzers. st 908 (Mai 1983)

Band 99 Martin Roda Becher, An den Grenzen des Staunens. Aufsätze zur phantastischen Literatur. st 915 (Juni 1983)

Band 101 Jerzy Zuławsky, Der Sieger. Ein klassischer Science-fiction-Roman. Aus dem Polnischen von Edda Werfel. st 916 (Juni 1983)

Band 102 Joseph Sheridan Le Fanu, Maler Schalken und andere Geistergeschichten. Deutsch von Friedrich Polakovics. Mit einem Nachwort von Rein A. Zondergeld. st 923 (Juli 1983)

Band 103 J. G. Ballard, Das Katastrophengebiet. Science-fiction-Erzählungen. Aus dem Englischen von Alfred Scholz und Rudolf Hermstein. st 924 (Juli 1983)

Band 104 Polaris 7. Ein Science Fiction-Almanach. Herausgegeben von Franz Rottensteiner. st 931 (August 1983)

Band 105 Lygia Fagundes Telles, Die Struktur der Seifenblase. Unheimliche Erzählungen. Aus dem portugiesischen Brasilianisch von Alfred Opitz. st 932 (August 1983)

Band 106 Adolfo Bioy Casares, Morels Erfindung. Phantastischer Roman. Aus dem Spanischen von Karl August Horst. Mit einem Nachwort von J. L. Borges. st 939 (September 1983)

Band 107 J. G. Ballard, Der tote Astronaut. Science-fiction-Erzählungen. Aus dem Englischen von Michael Walter. st 940 (September 1983)

Band 108 Villiers de l'Isle-Adam, Die Eva der Zukunft. Deutsch von Annette Kolb. Mit einem Nachwort von Peter Gendolla. st 947 (Oktober 1983)

Band 109 Johanna Braun, Günter Braun, Das kugeltranszendentale Vorhaben. Phantastischer Roman. st 948 (Oktober 1983)